穿越古诗词

张晨 编著

图书在版编目（CIP）数据

穿越古诗词 / 张晨编著 . -- 北京：中华工商联合出版社 , 2024.12（2025.4 重印）. -- ISBN 978-7-5158-4164-9

Ⅰ . I207.2-49

中国国家版本馆 CIP 数据核字第 2024ST2662 号

穿越古诗词

| 作　　者：张　晨 |
| 出 品 人：刘　刚 |
| 责任编辑：吴建新 |
| 装帧设计：臻　晨 |
| 责任审读：付德华 |
| 责任印制：陈德松 |
| 出版发行：中华工商联合出版社有限责任公司 |
| 印　　刷：山东博雅彩印有限公司 |
| 版　　次：2025 年 2 月第 1 版 |
| 印　　次：2025 年 4 月第 2 次印刷 |
| 开　　本：710mm×1000mm　1/16 |
| 字　　数：75 千字 |
| 印　　张：8 |
| 书　　号：ISBN 978-7-5158-4164-9 |
| 定　　价：59.80 元 |

服务热线：010-58301130-0（前台）
销售热线：010-58302977（网店部）
　　　　　010-58302166（门店部）
　　　　　010-58302837（馆配部、新媒体部）
　　　　　010-58302813（团购部）
地址邮编：北京市西城区西环广场 A 座
　　　　　19-20 层，100044
　　　　　http://www.chgslcbs.cn
投稿热线：010-58302907（总编室）
投稿邮箱：1621239583@qq.com

工商联版图书
版权所有　盗版必究

凡本社图书出现印装质量问题，
请与印务部联系。

联系电话：010-58302915

前言

诗歌，是最能体现中国传统美学的精华，它通过精炼的语言和丰富的意象，创造出独特的意境，让人获得超越现实的美感体验。

熟练使用诗句，并且将其运用在日常生活中，不仅能够提高个人品位和审美情趣，也能在和他人对话的过程中获得绝佳的口碑。谁不想和一个出口成章、品位高雅的人聊天呢？即便只是发布在朋友圈里，也是提升品位的快捷方式。

本书将古代诗歌碎片化、情感化，通过分门别类的介绍，让你用最快的方法找到最合适的诗句。将诗歌融入日常生活，让诗歌成为助你出口成章的利器。

学习诗歌，让自己成为一个有内涵的人，更深入地理解中文之美，说最动听的中国话。

欣赏诗歌，让自己成为一个有情趣的人，把生活过得像诗歌那样优美。

运用诗歌，让自己成为一个有文采的人，将诗歌之美带入生活，并传递给身边的人。

诗歌，不应该被束之高阁，而是要广泛地传播开来，融入你的、我的、每个人的生活当中。

001	第一章	品味家国大爱
011	第二章	感怀故乡亲情
029	第三章	谈及人生挚友
049	第四章	爱情酸甜苦辣
067	第五章	享受田园生活
081	第六章	欣赏大好山河
095	第七章	感叹命运起伏
115	第八章	人生空有八苦
122	后记	

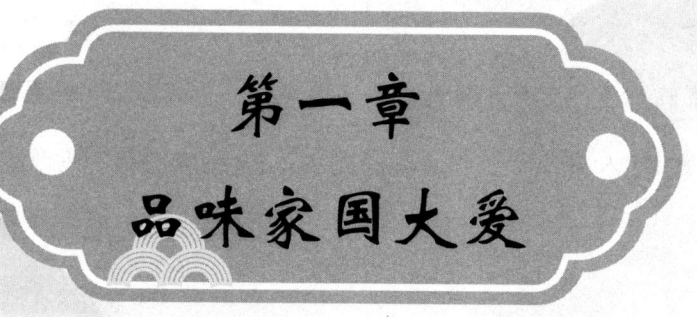

第一章
品味家国大爱

愿得此身长报国，何须生入玉门关。

——戴叔伦《塞上曲二首·其二》

表达 作为子民，我愿意终生报效国家，大丈夫要建功立业，何须活着返回家园。

身既死兮神以灵，魂魄毅兮为鬼雄。　　——屈原《国殇》

表达 人虽死亡，但灵魂终究不泯，魂魄刚毅，即使身死也要作鬼雄。

宁为百夫长，胜作一书生。　　——杨炯《从军行》

表达 我宁愿做一个小军官为国家冲锋陷阵，也胜过当个白面书生只会雕句寻章。这表达出作者慷慨从军的豪情壮志及投笔从戎的心愿。

臣心一片磁针石，不指南方不肯休。　　——文天祥《扬子江》

表达 以"磁针石"比喻爱国的一片丹心，表明自己一定要战胜重重困难，再兴义师，重整山河的决心。

但使龙城飞将在，不教胡马度阴山。　　——王昌龄《出塞二首》

表达 抒发戍边战士巩固边防的愿望和保卫国家的壮志，洋溢着爱国激情和民族自豪感，更可体会到忧国忧民之情的深切和气魄。

三十功名尘与土，八千里路云和月。

——岳飞《满江红·写怀》

表达 表达出渴望建立功业、努力抗击敌人的心愿，表现了积极向上的精神。

苟利国家生死以，岂因祸福避趋之！

——林则徐《赴戍登程口占示家人·其二》

表达 表现了刚正不阿的高尚品德和忠诚无私的爱国情操，成为后世传诵的名句。

楚虽三户能亡秦，岂有堂堂中国空无人！

——陆游《金错刀行》

表达 定有英雄人物能赶走入侵者，收复中原，洋溢着词人满满的民族自豪感和自信心。

人生自古谁无死？留取丹心照汗青。

——文天祥《过零丁洋》

表达 赤诚的爱国情怀和视死如归的崇高精神，激励了无数的爱国之士为了民族大业而抛头颅、洒热血。

只解沙场为国死，何须马革裹尸还。　　——徐锡麟《出塞》

表达 义无反顾的革命激情和牺牲精神，充满了英雄主义气概，将将士们报效祖国、战死疆场的一腔热忱刻画得淋漓尽致。

了却君王天下事，赢得生前身后名。

——辛弃疾《破阵子·为陈同甫赋壮词以寄之》

表达 高昂而深沉的爱国之情、献身之志，充满了鼓舞人心的壮志豪情。

死去元知万事空，但悲不见九州同。　　——陆游《示儿》

表达 人死后万事万物都可无牵无挂，没有亲眼看到国家的统一而深深感到遗憾。

山河破碎风飘絮，身世浮沉雨打萍。　——文天祥《过零丁洋》

表达 自己的命运和国家的前途紧紧地联系在一起，亡国孤臣有如无根的浮萍，漂泊在水上，无所依附。

历览前贤国与家，成由勤俭破由奢。

——李商隐《咏史二首·其二》

表达 从总结历朝历代统治经验出发，得出成功大都由于勤俭，破败大都因为奢侈的经验教训。

一身报国有万死，双鬓向人无再青。　——陆游《夜泊水村》

> **表达** 感叹热血沸腾和岁月蹉跎的矛盾，昔日英姿勃发，如今骏马伏枥，空有此怀，抒发了诗人华年空掷、壮志未酬的感伤与悲愤。

烈士暮年，壮心不已。　　　　　　　　——曹操《龟虽寿》

> **表达** 内心蕴含着一股自强不息的豪迈气概，表达了曹操老当益壮、锐意进取的精神面貌。

地下千年骨，谁为辅佐臣。　　　　　　——戎昱《咏史》

> **表达** 地下埋着千年的忠骨，其中有谁真正堪称辅佐之臣呢？表达一种忧国忧民的情怀。

如何亡国恨，尽在大江东！　　　　　　——屈大均《秣陵》

> **表达** 借大江东去表达了对国家沦亡的深切悔恨，对国家命运的深切关注与忧愤，情感深沉而激昂。

入则无法家拂士，出则无敌国外患者，国恒亡。
　　　　　　　　　　　　——孟子及其弟子《生于忧患，死于安乐》

> **表达** 忧患使人发奋，安乐使人松懈斗志。在逆境中求生，顺境中灭亡，这就是人生的辩证法。

一寸丹心图报国，两行清泪为思亲。　　——于谦《立春日感怀》

表达 以国事为重而常常忍受思亲痛苦的情状，既有对国事的担忧，也有对自身遭遇的感慨。

胡未灭，鬓先秋，泪空流。 ——陆游《诉衷情》

表达 敌兵还未消灭，自己的双鬓却早已白如秋霜，只能任忧国的眼泪白白地流淌。

伏波惟愿裹尸还，定远何须生入关。 ——李益《塞下曲》

表达 用东汉两位名将马援和班超的典故，写出将士们保家卫国、驻守边疆的决心。

去国十年老尽、少年心。 ——黄庭坚《虞美人·宜州见梅作》

表达 感叹自己虚掷了大好青春，无限春光化作杯酒欢乐，使内心的郁愤之情得到充分表现。

舒卷江山图画，应答龙鱼悲啸，不暇顾诗愁。

——杨炎正《水调歌头·登多景楼》

表达 目睹了"江山图画"的可舒可卷，听到了长江波涛汹涌中的"龙鱼悲啸"，仍然掩饰不了心中的悲愤，流露出无奈消沉的情绪。

故国伤心，新亭泪眼，更洒潇潇雨。　　——王澜《念奴娇》

表达 此句用新亭对泣的典故，表达了词人对国土沦丧的无奈悲叹，亭外雨声潇潇，更添悲凉的气氛，语极沉重，情极悲痛。

千年史册耻无名，一片丹心报天子。　　——陆游《金错刀行》

表达 刻画了主人公的凛然不可屈服的形象，抒发了抗金报国、建功立业的壮烈情怀。

十年驱驰海色寒，孤臣于此望宸銮。　　——戚继光《望阙台》

表达 描写在苍茫海域内东征西讨的战斗生活，暗寓抗倭斗争的艰难困苦。既表达了对祖国的赤诚，自己有抗倭报国的一腔热血，也蕴含了对朝廷的忠贞。

泽国江山入战图，生民何计乐樵苏。

——曹松《己亥岁二首·僖宗广明元年》

表达 通过一幅"战图"，想象到兵荒马乱、铁和血的现实，又用"乐"字反衬"生民"的不堪其苦，耐人寻味。

生平未报国，留作忠魂补。　　——杨继盛《就义诗》

表达 这一辈子还没有来得及报效国家，死后也要留作忠魂来弥补。

北极朝廷终不改，西山寇盗莫相侵。　　——杜甫《登楼》

表达 朝廷就像北极星座一样，不可动摇，外敌休想入侵。表达了作者对家国的热爱和对时局的忧虑。

他乡生白发，旧国见青山。　　——司空曙《贼平后送人北归》

表达 诗人流落他乡，头上已经生出白发，战后的家乡也只能见到青山。

小来思报国，不是爱封侯。　　——岑参《送人赴安西》

表达 幼时便衷心地希望能报国尽忠，并不是因为喜欢高官与厚禄。

出师一表真名世，千载谁堪伯仲间！

——陆游《书愤五首·其一》

表达 用典明志，诗人意在贬斥朝野上下主降派那些误国误民的小人，表明自己恢复中原的志向。

报国无门空自怨，济时有策从谁吐。

——吴潜《满江红·送李御带珙》

表达 虽有报国之志、济时之策，却无人赏识，落得"空自怨"的地步，暗含了对朝廷昏愦的强烈愤慨。

中夜四五叹,常为大国忧。

——李白《经乱离后天恩流夜郎忆旧游书怀赠江夏韦太守良宰》

表达 常常在半夜失眠,唉声叹气,为国家感到忧愁。抒发了诗人内心的忧虑与痛苦,体现出他高尚的家国情怀和忧国忧民的精神。

天相汉,民怀国。

——史达祖《满江红·九月二十一日出京怀古》

表达 我们有上天相助,人民怀念旧国。

谁料苏卿老归国,茂陵松柏雨萧萧。　　——李商隐《茂陵》

表达 国家和个人的前途都令人惆怅洒泪,忧心忡忡。

祖国沉沦感不禁,闲来海外觅知音。

——秋瑾《鹧鸪天·祖国沉沦感不禁》

表达 祖国沉沦危亡让我忍不住感叹,只能到海外来寻找革命同志。

今日楼台鼎鼐,明年带砺山河。

——辛弃疾《西江月·堂上谋臣尊俎》

表达 今日治国,明年胜利。表现了胜利在握的豪情和壮志,令人增添信心和勇气。

可怜报国无路，空白一分头。

——杨炎正《水调歌头·登多景楼》

表达 国势衰微，有志者理应报国，可是智勇双全的人却报国无门。

北极怀明主，南溟作逐臣。

——宋之问《途中寒食题黄梅临江驿寄崔融》

表达 以北极和南溟为喻，表达了作者对明主的思念和对被贬逐之臣的同情。

但得众生皆得饱，不辞羸病卧残阳。 ——李纲《病牛》

表达 将牛人格化，揭示牛为了百姓甘于自我牺牲的可贵品格。

王师北定中原日，家祭无忘告乃翁。 ——陆游《示儿》

表达 至死念念不忘"北定中原"、收复疆土的深挚强烈的爱国激情。

第二章
感怀故乡亲情

露从今夜白，月是故乡明。　　　　——杜甫《月夜忆舍弟》

表达 从今夜开始就进入了白露节气，月亮还是故乡的最明亮。借着月亮表达了思乡之情。

少小离家老大回，乡音无改鬓毛衰。

——贺知章《回乡偶书二首·其一》

表达 我在年少时离开家乡，到了迟暮之年才回来。我的乡音虽未改变，但鬓角的头发却已经稀疏了。表达了多年没有回到家乡的苦楚和感慨。

洛阳城里见秋风，欲作家书意万重。　　——张籍《秋思》

表达 借助日常生活中的一个片段——欲写家书之际的意念和情态，细腻地表达了对家乡亲人的深切怀念。

近乡情更怯，不敢问来人。　　　　——宋之问《渡汉江》

表达 离家乡越近，越不敢问及家乡消息，担心听到坏的消息。

乡书何处达？归雁洛阳边。　　　　——王湾《次北固山下》

表达 用"雁足传书"的典故，借残夜归雁，触发了心中的情思，传达出内心的乡思愁绪。

君自故乡来，应知故乡事。　　　　——王维《杂诗三首·其二》

表达 以接近于日常生活的自然状态和想法，传神地表达了作者对家乡的思念。

风一更，雪一更，聒碎乡心梦不成。

——纳兰性德《长相思·山一程》

表达 因思乡而失眠，于听风听雪的感觉中推移着时间过程，时间感知于乡情的空间阻隔而心烦意乱，埋怨夜太长。

仍怜故乡水，万里送行舟。　　　　——李白《渡荆门送别》

表达 运用了拟人的修辞手法，将故乡水拟人化，借写故乡之水表达恋恋不舍的感情。

共看明月应垂泪，一夜乡心五处同。　　——白居易《望月有感》

表达 同看明月，分散的亲人都会伤心落泪，夜里思乡的情感各地都相同。

未老莫还乡，还乡须断肠。

——韦庄《菩萨蛮·人人尽说江南好》

表达 年华未衰之时不要回乡，回到家乡后必定要愁肠寸断。

第二章　感怀故乡亲情

悠悠天宇旷，切切故乡情。　　　　　——张九龄《西江夜行》

表达 天地空旷而茫茫，思乡之情，切切难忘。

落叶他乡树，寒灯独夜人。　　　　　——马戴《灞上秋居》

表达 面对他乡的树木落叶纷纷，寒夜的孤灯独照我一人。

家在梦中何日到，春来江上几人还？　——卢纶《长安春望》

表达 恨自己不能回到家乡，所以只能在梦中归乡，表达出诗人对时局动荡、浮生短促的悲叹。

人归落雁后，思发在花前。　　　　　——薛道衡《人日思归》

表达 运用了对比手法，通过"人归雁后"和"思发花前"作对比，表现了诗人急于归乡的心情和无法如愿的无奈。

唯有门前镜湖水，春风不改旧时波。

——贺知章《回乡偶书二首》

表达 一种"物是人非"的感触强烈地涌上了作者的心头，强调除湖水以外，昔日的人和事几乎已经都发生了很大变化，表达了诗人对人事无常的慨叹。

人言落日是天涯，望极天涯不见家。　　　——李觏《乡思》

表达 人们都说太阳落山的地方就是天涯，我竭力朝天涯眺望，也没有看到我的家。遥望故乡，故乡不见，远在天涯。

不知何处吹芦管，一夜征人尽望乡。

——李益《夜上受降城闻笛》

表达 以"望乡"一词写出了征人望乡、彻夜难眠的景象，表达出诗人月夜闻笛时的迷惘心情，也写出了不尽的乡愁。

故乡今夜思千里，霜鬓明朝又一年。　　　——高适《除夜作》

表达 除夕夜的思乡情，故乡的人今夜一定在思念远在千里之外的我，我的鬓发已经变得斑白，到了明年又新增一岁。

今春看又过，何日是归年。　　　　　　　——杜甫《绝句》

表达 今年春天眼看着又要过去了，我返回故乡的日期到底是何年何月呢？

一年将尽夜，万里未归人。　　——戴叔伦《除夜宿石头驿》

表达 除夕之夜，流落在外，独自一人，举目无亲，其飘零异乡之感，悲痛万分，让人感受到了浓郁的离愁别绪。

第二章　感怀故乡亲情

015

故园渺何处，归思方悠哉。　　　　　　——韦应物《闻雁》

表达 故园的渺远和归思的悠长构成正比，渲染出全诗萧瑟凄清的情调。

不忍登高临远，望故乡渺邈，归思难收。

——柳永《八声甘州·对潇潇暮雨洒江天》

表达 颇有登临纵目、望极天涯的境界，抒发了词人羁旅行役之苦，流露出强烈的思归之情。

他乡生白发，旧国见青山。　　——司空曙《贼平后送人北归》

表达 我流落他乡，头上已经生出白发，而战后的家乡也只能见到青山。流露出无限的伤感之意。

何日归家洗客袍？银字笙调，心字香烧。

——蒋捷《一剪梅·舟过吴江》

表达 词人想象归家后洗客袍、调笙和烧香的温暖生活场面，表现了他思归的急切心情。

夜闻归雁生乡思，病入新年感物华。　　——欧阳修《戏答元珍》

表达 展现出诗人对故乡的深沉情感，以及对生命无常的感慨。

戍客望边邑，思归多苦颜。　　　　——李白《关山月》

表达 戍边的战士们想象家乡的亲人和爱人，不禁心生叹息。

此身如传舍，何处是吾乡。　　——苏轼《临江仙·送王缄》

表达 此句用《汉书·盖宽饶传》中"富贵无常，忽则易人。此如传舍，阅人多矣"之典故，表达了人生如寄的深沉感慨。

江水三千里，家书十五行。　　　——袁凯《京师得家书》

表达 江水有三千里长，家书只有十五行，万千路途不如一句家书的重要性。

即今河畔冰开日，正是长安花落时。　　——张敬忠《边词》

表达 戍守荒寒边境的将士对京城长安的怀念。

青紫虽被体，不如早还乡。　　　　——杜甫《夏夜叹》

表达 青紫官服虽然加在他们身上，也不如早日回到故乡。表达官职再高，也不如回到家乡让人觉得温暖。

老至居人下，春归在客先。　　　　——刘长卿《新年作》

表达 年纪已经老大了却依旧寄人篱下，春天的脚步比我都更早回归。

第二章　感怀故乡亲情

017

三湘愁鬓逢秋色，万里归心对月明。　　——卢纶《晚次鄂州》

表达 眺望三湘秋色，两边鬓发衰白。明月皎皎，思归之意更甚，表达了内心迫切归乡的心情。

何事吟馀忽惆怅，村桥原树似吾乡。

——王禹偁《村行·马穿山径菊初黄》

表达 是什么让我在吟诗时突然感到惆怅，原来是这乡村景色像极了我的家乡！

碛里征人三十万，一时回向月明看。　　——李益《从军北征》

表达 驻守边关的几十万将士，抬起头来望着东边升起的月亮，使人加倍感到环境的荒凉、气氛的悲怆。

乡心新岁切，天畔独潸然。　　——刘长卿《新年作》

表达 新年来临，思乡的心情格外迫切，想到自己漂泊在外不禁潸然落泪。

门有车马客，驾言发故乡。　　——陆机《门有车马客行》

表达 门前有车马经过，这些车马来自故乡，借此表达对故乡亲友的思念之情。

六翮飘飖私自怜，一离京洛十余年。　　——高适《别董大二首》

（表达）就像鸟儿四处奔波无果只能自伤自怜，离开京洛（家乡）已经十多年。

乡书不可寄，秋雁又南回。　　——韦庄《章台夜思》

（表达）见到那结伴南飞的大雁，想到寄不出的家书，内心情潮翻涌，愁肠百结。

青山朝别暮还见，嘶马出门思旧乡。　　——李颀《送陈章甫》

（表达）早晨辞别青山晚上又相见，出门听到马的嘶叫声令我想念故乡。

古台摇落后，秋日望乡心。

——刘长卿《秋日登吴公台上寺远眺》

（表达）观赏前朝古迹的零落，不禁感慨万端，想起了故乡。

忽闻歌古调，归思欲沾巾。——杜审言《和晋陵陆丞早春游望》

（表达）忽然听到家乡古朴的曲调，勾起归思情怀，令人落泪沾襟。

西北望乡何处是，东南见月几回圆。

——白居易《八月十五日夜湓亭望月》

第二章　感怀故乡亲情

表达 向着西北方向眺望也看不到家乡，却在东南方看见月亮又圆了好几次。

雁尽书难寄，愁多梦不成。　　　　——沈如筠《闺怨二首·其一》

表达 通过"雁足传书"的典故，表达了思妇对远征在外的亲人的深切怀念和无尽愁绪。

塞花飘客泪，边柳挂乡愁。

——岑参《武威春暮闻宇文判官西使还已到晋昌》

表达 描绘了边塞的荒凉景象和游子的思乡之情。

莫道春来便归去，江南虽好是他乡。　　　　——王恭《春雁》

表达 江南虽然风景优美，但毕竟不是自己的故乡。大雁会在春天到来时选择离开，回到真正的家乡。以表达强烈的思乡情感和对官场的厌倦。

几度思归还把酒，拂云堆上祝明妃。　　　　——杜牧《题木兰庙》

表达 有多少次手持酒杯思念着故乡，到拂云堆上去祭王昭君。王昭君和花木兰一样，都是背负着家国、民族的重大责任，承受着离别的痛苦。

望阙云遮眼，思乡雨滴心。 ——白居易《阴雨》

表达 写诗人望向京城却不得见的愁苦，表达了对故乡的思念。

云物不殊乡国异，教儿且覆掌中杯。 ——杜甫《小至》

表达 景物虽然没有什么不同，但家乡和国家的差异让我感到无奈，只好让儿子取酒来饮，借酒浇愁。

未收天下河湟地，不拟回头望故乡。

——令狐楚《年少行四首·其三》

表达 只要我们的河湟地区还没有收复，自己就不打算回头望一望故乡。表达以身报国的豪情壮志和对收复失地的坚定决心。

过尽征鸿来尽燕，故园消息茫然。 ——赵长卿《临江仙·暮春》

表达 客居他乡的人看到鸿雁北往和燕子南来，但故乡的消息却无从得知，心中充满了惆怅和迷茫。

白下有山皆绕郭，清明无客不思家。

——高启《清明呈馆中诸公》

表达 都城南京的城郭四周，举目但见无尽的青山，适逢清明节，更令游子无不深深怀念家乡。

一别家山音信杳，百种相思，肠断何时了。

——施耐庵《蝶恋花·一别家山音信杳》

表达 自从离别家乡，音信无踪，千百种相思，令人断肠伤情。

心期切处，更有多少凄凉，殷勤留与归时说。

——张元干《石州慢·寒水依痕》

表达 在内心深处，我埋藏着多少凄凉和思念，这些情感都将在我们重逢时向你倾诉。反映了对家乡、亲人的深切思念。

万里乡为梦，三边月作愁。　　　　——岑参《送人赴安西》

表达 离家万里的友人，将故乡之情常常化入梦中，而在边疆的月光则勾起了他的忧愁。

远梦归侵晓，家书到隔年。　　　　——杜牧《旅宿》

表达 表达了对家乡的深切思念和无法归家的无奈。

行人无限秋风思，隔水青山似故乡。　——戴叔伦《题稚川山水》

表达 行人在秋风中行走，不禁涌起了对家乡的思念，远处的青山绿水仿佛就是自己的故乡。

遥知未眠月，乡思在渔歌。　　　　——杜荀鹤《送人游吴》

表达 在月夜未眠之时,远方的你听到江上的渔歌声,定会触动你的思乡之情。

不用凭栏苦回首,故乡七十五长亭。 ——杜牧《题齐安城楼》

表达 用具体的数字来刻画情感,修辞别致。只见归程,不见归人,意味深长。

异乡物态与人殊,惟有东风旧相识。

——欧阳修《春日西湖寄谢法曹歌》

表达 在异乡,一切事物和人情都显得陌生和冷淡,唯有每年按时到来的春风,依旧是那么熟悉和亲切,仿佛在安慰着一颗孤独的心。

他乡共酌金花酒,万里同悲鸿雁天。

——卢照邻《九月九日玄武山旅眺》

表达 在异乡和朋友一起喝菊花酒,与家乡远隔万里,望着南飞的大雁,心中充满了悲伤。

我梦扬州,便想到扬州梦我。 ——郑燮《满江红·思家》

表达 我思念故乡扬州,就觉得扬州也在呼唤着我。

年年春日异乡悲，杜曲黄莺可得知。　　——韦庄《江外思乡》

表达 诗人长年在外感到悲伤，甚至觉得树上的黄莺也应该能理解他的思乡之情。

男儿少为客，不辨是他乡。　　——李流芳《黄河夜泊》

表达 经历了长年的四处漂泊，竟然不再觉得是客居他乡了。这句诗表达了诗人长期漂泊异乡后的心境变化。

行多有病住无粮，万里还乡未到乡。　　——卢纶《逢病军人》

表达 行路多而疲惫，患病而无粮，但家乡还在万里之外，我为了回家甘愿受苦。

那堪旅馆经残腊，只把空书寄故乡。

——王建《维扬冬末寄幕中二从事》

表达 在寒冷的腊月，无法忍受这种孤独和凄凉的生活，只好通过写家书来寄托对故乡的思念之情。

故乡归去千里，佳处辄迟留。

——苏轼《水调歌头·安石在东海》

表达 故乡相隔千里，每到美好的地方就停留下来怀念故乡。

关山四面绝，故乡几千里。　　　　　　——刘昶《断句》

表达 表达了思乡之情和对远方亲人朋友的思念。

一寸丹心图报国，两行清泪为思亲。　　——于谦《立春日感怀》

表达 因为把所有心思都放在了报效国家的事情上，所以才常常流出思念亲人的泪水，表现出以国事为重而常常忍受思亲痛苦的情状。

烽火平安夜，归梦到家山。　　——崔与之《水调歌头·题剑阁》

表达 在战火纷飞的夜晚，心中依然思念着家乡。

儿童见说深惊讶，却问何方是故乡。　　——殷尧藩《同州端午》

表达 小孩子听了诗人的叙述后，深感惊讶，并询问故乡在哪里。通过儿童的童言无忌和老人的感怀以示对故土的怀念。

春色边城动，客思故乡来。　　　　　　——何逊《边城思》

表达 在边城，春天的景色正在萌动，引发了远在他乡的游子对故乡的思念之情。

繁华荣慕绝，父母慈爱捐。　　　　　　——韩愈《谢自然诗》

表达 抛弃繁华富贵，也忘记了父母恩情。

二人事慈母，不弱古老莱。

——岑参《梁州对雨怀鞠二秀才，便呈鞠大判官时疾赠余新诗》

表达 两个人侍奉慈母，并不比古代以孝道著称的莱子差。

弃绝父母恩，吞声行负戈。　　　　　　——杜甫《前出塞九首》

表达 只好先放下父母的养育之恩，忍气吞声地向前跋涉。表现出士兵为了保家卫国而忠孝难两全的复杂心态。

游子行远方，慈母在高堂。　　　　　　——释文珦《母子吟》

表达 游子离乡远行，慈母留在高堂之中日日夜夜思念自己的孩子。

慈母倚门情，游子行路苦。　　　　　　——王冕《墨萱图·其一》

表达 母亲倚门盼望孩子归来，游子在外行路也很艰辛。

人归父母育，郡得股肱良。

——柳宗元《弘农公以硕德伟材屈于诬枉左官谨献诗五十韵以毕微志》

表达 人们的成长成才是得益于父母的养育，却让郡县得到了得力的助手。

慈母手中线，游子身上衣。　　　　　——孟郊《游子吟》

表达 慈祥的母亲用手中的针线，为儿子赶制衣服，母爱都化在一针一线里。

父母两忠厚，辛苦自凤婴。

——郑珍《完末场卷，矮屋无聊，成诗数十韵，揭晓后因续成之》

表达 父母两人都非常忠厚，他们从早到晚都在辛勤劳作。

岂无父母在高堂？亦有亲情满故乡。　——白居易《井底引银瓶》

表达 难道我没有父母高堂吗？我的家乡也都是亲人。以示亲情和父母家人同样重要。

岂似凡人但慈母，能令孝子作忠臣。

——苏轼《胡完夫母周夫人挽词》

表达 母亲不仅是一个普通的凡人，她以慈爱之心教育子女，使得孝顺的儿子能够成为朝廷的忠臣。表现出母亲在子女教育方面的重要性。

暗中时滴思亲泪，只恐思儿泪更多。　　——倪瑞璿《忆母》

表达 私下思念母亲，暗暗流泪，却担心母亲因为思念自己而流的眼泪更多。

儿行十里程，母心千里逐。　　　　　——虞俦《冬至念母》

表达 子女出行时，母亲的心会随着子女的行程而延伸，即使子女只走了十里路，母亲的心却仿佛跟随了千里之远。

儿女未成人，父母已衰羸。　　　　　——白居易《赠友五首》

表达 当儿女还没有长大成人的时候，父母却已经衰老。这句话表达了父母在子女成长过程中所付出的辛勤和牺牲，以及时间流逝带来的无奈和感慨。

凯风自南，吹彼棘心。棘心夭夭，母氏劬劳。　　——《诗经》

表达 通过比喻和象征手法，表达了对母亲的赞美和感激之情。

第三章
谈及人生挚友

君埋泉下泥销骨，我寄人间雪满头。　　——白居易《梦微之》

表达 你在地下泥土中长眠，尸骨逐渐被泥土侵蚀，而我却还在人间，两鬓已经斑白。这句诗表达了诗人对逝去朋友的深切怀念和对自己年老体衰、孤独无依的感慨。

浮云一别后，流水十年间。　　——韦应物《淮上喜会梁川故人》

表达 自从离别之后，像浮云一般漂泊不定，转眼间已如流水般过去了十年之久。表达了诗人与老朋友在淮水重逢时的喜悦心情，同时也感叹岁月流逝，年华易老。

执子之手，与子偕老。　　——佚名《击鼓》

表达 让我握住你的手，和你一起白头到老。原意是表达战友之间在战场上同生共死的悲壮，后被引申为夫妻关系。

一生大笑能几回，斗酒相逢须醉倒。

　　——岑参《凉州馆中与诸判官夜集》

表达 人生中能够开怀大笑的时刻并不多，当朋友们聚在一起饮酒时，应该尽情醉倒。

青山一道同云雨，明月何曾是两乡。　　——王昌龄《送柴侍御》

表达 虽然分处两地，但情感上我们好像处于同一地方，共同经历风雨，共享同一轮明月。以示与友人虽然分别，但情感上依然紧密相连的内心感触。

二十四桥明月夜，玉人何处教吹箫？

——杜牧《寄扬州韩绰判官》

表达 体现了扬州的繁华富庶、浪漫美丽，借此寄托了对往日旧游之地的思念，表现了对友人的善意调侃和羡慕之情。

江南无所有，聊赠一枝春。　　——陆凯《赠范晔诗》

表达 江南这边没有更好的礼品相送，姑且把一枝梅花送去报春。以示想和好友分享春天的喜悦。

晚来天欲雪，能饮一杯无。　　——白居易《问刘十九》

表达 天色将晚，雪意渐浓，能否一顾寒舍，共饮一杯暖酒？表达了想邀请好友共同举杯的愿望。

莫愁前路无知己，天下谁人不识君。　——高适《别董大二首》

表达 满怀信心地鼓励友人踏上征途，迎接未来。既表现出诗人的开阔胸怀，又展现出作者与友人之间的真挚情感，于慰藉之中充满信心和力量。

世人结交须黄金，黄金不多交不深。 ——张谓《题长安壁主人》

表达 描述人与人之间的交往依赖于金钱，揭示了当时社会中普遍存在的势利之交现象。

同是天涯沦落人，相逢何必曾相识！ ——白居易《琵琶行》

表达 在困境中相遇的人们，内心会有很多共鸣和理解，不需要在意是否曾经相识。

洛阳亲友如相问，一片冰心在玉壶。

——王昌龄《芙蓉楼送辛渐》

表达 以晶莹透明的冰心玉壶自喻，表现了不肯妥协的精神，刻画了诗人孤介傲岸、冰清玉洁的形象，后人常用"冰心玉壶"形容人内心情操的纯洁高净。

劝君更尽一杯酒，西出阳关无故人。 ——王维《送元二使安西》

表达 这一路不免经历万里长途的跋涉，备尝独行穷荒的艰辛寂寞，因此临行之际请喝下这杯酒，这杯酒里饱含着诗人依依惜别的情谊，以及对友人前路珍重的殷切祝愿。

海内存知己，天涯若比邻。 ——王勃《送杜少府之任蜀州》

表达 友谊不受时间的限制和空间的阻隔，它是永恒的、无所不在的。后人在与挚友分别之时,常用此句作为宽慰,作为友情长存的誓言。

故人西辞黄鹤楼,烟花三月下扬州。

——李白《黄鹤楼送孟浩然之广陵》

表达 老朋友在黄鹤楼与我辞别,在柳絮如烟雾般弥漫、繁花似锦的阳春三月去了扬州。以示对老友的不舍。

相逢一醉是前缘,风雨散、飘然何处。

——苏轼《鹊桥仙·七夕》

表达 今天相逢一醉是前生缘分,分别后谁知道各自将会奔向何方。人生无常,希望大家珍惜今天的相逢。

花径不曾缘客扫,蓬门今始为君开。 ——杜甫《客至》

表达 采用与客谈话的口吻,增强了宾主接谈的生活实感,此句前后映衬,情韵深厚,可见两人交情之深厚。

两人对酌山花开,一杯一杯复一杯。

——李白《山中与幽人对酌》

表达 以反复手法渲染开怀畅饮的场面,表现诗人与友人相聚时痛饮狂歌的欢欣之情。

正是江南好风景，落花时节又逢君。 ——杜甫《江南逢李龟年》

表达 在平实的语言之中，流露出对国事凋零、人民颠沛流离的感慨，以及双方畅谈的感悟。

浮云游子意，落日故人情。 ——李白《送友人》

表达 用"浮云""落日"作比，白云随风飘浮，象征着友人行踪不定；夕阳西下，则隐喻诗人对朋友的依依惜别之情。

我居北海君南海，寄雁传书谢不能。 ——黄庭坚《寄黄几复》

表达 诗人与友人相隔遥远，无法通过鸿雁传递书信，感到无奈和遗憾。

数人世相逢，百年欢笑，能得几回又。

——何梦桂《摸鱼儿·记年时人人何处》

表达 细数人世间的相逢，数百年间的欢乐，又能有几回呢？这句话表达了诗人对人生中与故人相遇的珍惜，以及对离别的感慨。

春草明年绿，王孙归不归？ ——王维《送别》

表达 春草到明年催生新绿，朋友啊，你能不能回来啊？以示对友人离开的不舍。

我今因病魂颠倒，唯梦闲人不梦君。

——元稹《酬乐天频梦微之》

表达 我现在因为生病，精神恍惚，心神错乱，只梦见一些不相干的人，却没有梦见你。以示对朋友的思念，想在梦里见一面。

何日功成名遂了，还乡，醉笑陪公三万场。

——苏轼《南乡子·和杨元素时移守密州》

表达 不知什么时候才能功成名就，衣锦还乡。到那时，我与你同笑长醉。以示对和朋友重逢的期待。

寒夜客来茶当酒，竹炉汤沸火初红。　　——杜耒《寒夜》

表达 在寒冷的夜晚，有客人来访，主人以茶代酒招待他。炉火正红，壶中的水也沸腾起来。以示朋友来拜访，心情特别好。

相知无远近，万里尚为邻。　　——张九龄《送韦城李少府》

表达 只要彼此互相了解、感情深厚，便没有距离远近之分，即使相隔万里，也如同邻居一样亲近。

故人入我梦，明我长相忆。　　——杜甫《梦李白二首·其一》

表达 故人出现在我的梦中，知道我一直想念他。以示对故人的思念之情。

第三章　谈及人生挚友

桃花潭水深千尺，不及汪伦送我情。　　——李白《赠汪伦》

表达 用衬托的手法，把无形的情谊化为有形的千尺潭水，生动形象地表达了汪伦对李白那份真挚深厚的友情。

相逢意气为君饮，系马高楼垂柳边。　　——王维《少年行四首》

表达 相逢时意气相投，痛快豪饮，骏马就拴在酒楼下垂柳边。以示与朋友相逢十分高兴。

遥知湖上一樽酒，能忆天涯万里人。

——欧阳修《春日西湖寄谢法曹歌》

表达 虽然身处远方，但通过想象西湖上的美酒，可以回忆起远方的朋友。

恰如灯下，故人万里，归来对影。　　——黄庭坚《品令·茶词》

表达 在孤独的夜晚，独自面对灯光，思念着远方的朋友。他们远在万里之外，现在无法相见，只能独自面对自己的影子，感受着孤独和思念。

白首相知犹按剑，朱门先达笑弹冠。　　——王维《酌酒与裴迪》

表达 两个人相交了一辈子，彼此还会有提防之心；那些先富贵起来的人，会讥笑依然潦倒的朋友。诗人认为，即使是最亲密的朋友，也可能因为地位的变化而产生隔阂和矛盾。

同心一人去，坐觉长安空。 ——白居易《别元九后咏所怀》

<u>表达</u> 自从挚友离去后，即使身处繁华的长安城，也感到心中空荡荡的。

君不见管鲍贫时交，此道今人弃如土。 ——杜甫《贫交行》

<u>表达</u> 有些人交友，翻手覆手之间，变化多端，这种贿赂之交、势力之交、酒肉之交是多么地让人轻蔑愤慨、不屑一顾！

故人江海别，几度隔山川。 ——司空曙《云阳馆与韩绅宿别》

<u>表达</u> 抒发与老友长时间未见，再次相见时的惊喜和感慨。

寻常一样窗前月，才有梅花便不同。 ——杜耒《寒夜》

<u>表达</u> 通过描写窗前的月光和梅花，表达了诗人与客人之间的情谊如同梅花高洁的品质。

书当快意读易尽，客有可人期不来。

——陈师道《绝句·书当快意读易尽》

<u>表达</u> 读到一本好书，心中十分高兴，可惜没多久就读完了；与知心朋友亲切交谈，心中十分高兴，可惜朋友不能常常到来。

第三章 谈及人生挚友

唯有相思似春色，江南江北送君归。——王维《送沈子归江东》

表达 思念之情如同春天的色彩，弥漫在江南江北，伴随着友人一路归去。

平生不解藏人善，到处逢人说项斯。——杨敬之《赠项斯》

表达 平生不知道掩盖别人的优点，所以无论到哪里逢人就赞扬项斯的人品。后来逐渐形成了"说项"这个典故。

四海皆兄弟，谁为行路人。

——佚名《旧题苏武诗/别诗四首·其一》

表达 天下的人都像兄弟一样，没有人是互不相干的陌路人。表达出人与人之间应该互相帮助、团结友爱的理念。

直须看尽洛城花，始共春风容易别。

——欧阳修《玉楼春·尊前拟把归期说》

表达 诗句中蕴含着深重的离别哀伤与春归惆怅，结尾完全"看尽"，表达出遣玩的意兴。

不辞山路远，踏雪也相过。——张九龄《答陆澧》

表达 为了喝友人的松叶酒，即便山路崎岖遥远，也会欣然前往。以示为了和朋友相见，愿意不辞辛劳。

向河梁，回头万里，故人长绝。

——辛弃疾《贺新郎·别茂嘉十二弟》

表达 回头遥望故国远隔万里，与故友永远诀别。

故人具鸡黍，邀我至田家。　　　　——孟浩然《过故人庄》

表达 老朋友准备了丰盛的饭菜，邀请我到他的农舍做客。以示朋友聚会的喜悦和期待。

数声风笛离亭晚，君向潇湘我向秦。 ——郑谷《淮上与友人别》

表达 从驿亭里飘来几声笛声，我们就要离别了。以示与好友分别时十分不舍。

故人早晚上高台。赠我江南春色、一枝梅。

——舒亶《虞美人·寄公度》

表达 用南朝宋陆凯折梅题诗以寄范晔的典故，表达与友人彼此思念、彼此惦记的深厚情谊。

一看肠一断，好去莫回头。　　　　　——白居易《南浦别》

表达 回头看一次就肝肠寸断，好好前行吧，不要再回头了。以示友人分别时依依不舍。

夜来携手梦同游，晨起盈巾泪莫收。　　——白居易《梦微之》

表达 夜里做梦与你携手共同游玩，早晨醒来泪水流满衣巾也不擦拭。以示对朋友的想念，想念到做梦都会梦到和他同游，都高兴地哭了出来。

凉风起天末，君子意如何。　　——杜甫《天末怀李白》

表达 以秋风起兴，表达了对远方朋友的深切思念。

又送王孙去，萋萋满别情。　　——白居易《赋得古原草送别》

表达 我又一次送走知心的好友，茂密的青草都看到了我的深情和不舍。

折花逢驿使，寄与陇头人。　　——陆凯《赠范晔诗》

表达 遇见北去的驿使就去折梅花，托他带给远在陇山的友人。以示对朋友的思念，想尽一切办法联系对方。

夜发清溪向三峡，思君不见下渝州。　　——李白《峨眉山月歌》

表达 抒发了依依惜别的无限情思。

明月不知君已去，夜深还照读书窗。　　——刘子翚《绝句送巨山》

表达 明月不知道你已经离去，深夜依然映照着书房的小窗。通过无情的明月表现出多情的举止，表达出对友人的深情与怀念。

我见君来，顿觉吾庐，溪山美哉。

——辛弃疾《沁园春·和吴尉子似》

表达 见到你，我的居所都变得美好亮丽了。以示见到朋友时的喜悦和满足感。

闭门觅句陈无己，对客挥毫秦少游。

——黄庭坚《病起荆江亭即事》

表达 抓住两位朋友创作时的不同表现的细节，描写出他们不同的风度，一个闭门觅句，其艰辛可知；一个对客挥毫，其潇洒可见。

故人何在，烟水茫茫。　　——柳永《玉蝴蝶·望处雨收云断》

表达 我的故朋旧友，不知如今身在何方？眼前只有一望无际的秋水，烟雾迷茫。以示对朋友的思念。

今夜故人来不来，教人立尽梧桐影。

——吕岩《梧桐影·落日斜》

表达 描绘了词人殷切地等待友人的情景，以示等待时间之久，思念之深，盼望之切。

故人相望若为情。别愁深夜雨，孤影小窗灯。

——陈克《临江仙·四海十年兵不解》

表达 友人只能独自面对深夜的凄雨，在屋子的小窗上，灯火映着孤单的身影。以示见不到朋友的孤单感觉。

长安故人问我，道寻常，泥酒只依然。

——辛弃疾《木兰花慢·滁州送范倅》

表达 那些长安的故友倘若问到我，就说我依然是愁肠满腹，借酒浇愁愁难遣。以示朋友之间的关系以及自己报国无门的苦闷。

十年离乱后，长大一相逢。　　——李益《喜见外弟又言别》

表达 离别了十年，长大后意外重逢。以示友情充满了不确定性，但只要心中有彼此，一定有缘分再见。

阳关万里道，不见一人归。　　——庾信《重别周尚书》

表达 阳关与故国相隔万里之遥，年年盼望却至今不能南归。以示对朋友的思念，盼望着重逢。

欢笑情如旧，萧疏鬓已斑。　　——韦应物《淮上喜会梁川故人》

表达 表达诗人与老朋友重逢时的喜悦之情，同时也感叹岁月的流逝和人生的沧桑。

我与先生，凤期已久，人间无此。

——姜夔《永遇乐·次韵辛克清先生》

表达 我与先生交往已久，人间没有我们这样的深厚的友谊。以示朋友之间的情分之深厚。

高楼送客不能醉，寂寂寒江明月心。

——王昌龄《芙蓉楼送辛渐二首》

表达 与友人依依惜别，心情悲愁，喝酒也不能尽兴，只有明月能代表我的心。

天下伤心处，劳劳送客亭。　　　　　——李白《劳劳亭》

表达 天下最令人伤心痛苦的地方，就是人们都在此送别的劳劳亭。以示不愿意和朋友分别之情。

欲寻芳草去，惜与故人违。　　　　——孟浩然《留别王维》

表达 我想去寻找自己的理想，可惜又要与老朋友分离。以示对友情和前途的珍视。

嵩云秦树久离居，双鲤迢迢一纸书。——李商隐《寄令狐郎中》

表达 两地分别的朋友互相通信，以示对故交的深切感激和怀念。

分手脱相赠,平生一片心。　　　——孟浩然《送朱大入秦》

表达 在分手的时候,把价值千金的宝剑赠送给朋友,以表达自己的一片心意。

结交在相知,骨肉何必亲。　　　——佚名《箜篌谣》

表达 交朋友要彼此心意相知,这才是真正的朋友,不一定是骨肉至亲。

念故人,千里自此共明月。　　——寇准《踏莎行·寒草烟光阔》

表达 通过"共明月"这样的意象,来寄托对故人深深的思念之情。

升沉应已定,不必问君平。　　　　——李白《送友人入蜀》

表达 个人的进退升沉都早有定局,不必再去询问善卜的君平。以示只能靠自己,不能光靠朋友。

君向潇湘我向秦,后会知何处。

——黄公度《卜算子·薄宦各东西》

表达 您向南方,我向北方,谁知道以后在哪里相会呢?朋友们各奔东西,心里非常不舍。

为我引杯添酒饮，与君把箸击盘歌。

——白居易《醉赠刘二十八使君》

表达 你为我热情拿过酒杯添满酒，同饮共醉，我们一起拿筷子击打盘儿，吟诗歌唱。以示和朋友聚会时十分高兴。

何时一樽酒，重与细论文。　　　　——杜甫《春日忆李白》

表达 什么时候我们才能再次相聚，举杯共饮，一起细细讨论文章呢？表达了杜甫对李白深深的思念和希望再次相聚饮酒论文的愿望。

雪似故人人似雪，虽可爱，有人嫌。

——苏轼《江神子·黄昏犹是雨纤纤》

表达 雪花像故人一样洁白无瑕，故人也像雪花一样纯洁，虽然可爱，但又担心有人会嫌弃。这句话通过比喻表达了作者对故人的思念，以及对高洁品格的追求。

相逢成夜宿，陇月向人圆。　　　　　——杜甫《宿赞公房》

表达 今夜与您相逢共宿，陇上的明月也向我们展现出光彩。

家童扫萝径，昨与故人期。　　　——钱起《谷口书斋寄杨补阙》

表达 描写家仆打扫小径迎接客人的情景，友人到访盛情款待，期待他能如期来访。

第三章　谈及人生挚友

河西幕中多故人，故人别来三五春。

——岑参《凉州馆中与诸判官夜集》

表达 在河西幕府中有很多老朋友，这些朋友自分别以来已有三五年。以示对老友的思念。

离心何以赠，自有玉壶冰。　　　　　——骆宾王《送别》

表达 离别时难以割舍，拿什么赠送给你呢？我这只有如玉壶冰一样的真心。以示朋友之间的真挚情谊。

当年紫禁烟花，相逢恨不知音早。

——王恽《水龙吟·送焦和之赴西夏行省》

表达 追忆了昔日与好友共赏美景的经历，表达了知己之间相逢恨晚的情感。

盖钟子期死，伯牙终身不复鼓琴。　——《汉书·传·司马迁传》

表达 因为钟子期去世了，伯牙终身不再弹琴。以示好友离世的巨大悲痛。

谁人得似张公子，千首诗轻万户侯。

——杜牧《登池州九峰楼寄张祜》

表达 谁能够比得上张公子啊，他创作了上千首诗歌，却看不起高官厚禄。以示对好友品格高尚的敬佩。

厚禄故人书断绝，恒饥稚子色凄凉。　　——杜甫《狂夫》

表达 当了大官的朋友真是人一阔就变脸，早与我断了来往，看到因长久饥饿而瘦弱的孩子，让我愧疚而感伤。以示对虚情假意之人的失望和愤慨。

主人酒尽君未醉，薄暮途遥归不归。

——高适《送李少府时在客舍作》

表达 描绘了宴饮至深的场景，既表达了友情之深，又透露出人生旅途的迷茫与无奈。

何处相逢，登宝钗楼，访铜雀台。

——刘克庄《沁园春·梦孚若》

表达 我们在何处相逢？一同游览咸阳的宝钗楼，又登上了曹操所建的铜雀台。

嗟君此别意何如，驻马衔杯问谪居。

——高适《送李少府贬峡中王少府贬长沙》

表达 二人遭受贬谪、满腹愁怨，而眼下又即将分别，只能停下来马来，饮酒饯别。以示对友人同病相怜的同情。

千里共如何，微风吹兰杜。

——王昌龄《同从弟南斋玩月忆山阴崔少府》

表达 以示相隔千里的友人间的思念与关切，微风吹拂的兰杜香，更增添了这份情谊的深远与淡雅。

故人舍我归黄壤，流水高山心自知。　　——王安石《伯牙》

表达 故人已经离我而去，归于黄土，只有流水和高山能够理解我的心境。

何时更杯酒，再得论心胸。　　——李白《魏郡别苏明府因北游》

表达 以示对友情的珍视和离别后的思念，抒写别情，盼再次相见。

京华结交尽奇士，意气相期共生死。　　——陆游《金错刀行》

表达 在京城结交的都是有特殊才能的人，我们相互期许，成为有共同追求的生死之交。

第四章
爱情酸甜苦辣

两情若是久长时，又岂在朝朝暮暮。　　——秦观《鹊桥仙》

表达 只要两情至死不渝，又何必贪求卿卿我我的朝欢暮乐呢？

相思相见知何日？此时此夜难为情。　　——李白《秋风词》

表达 想起曾经相遇相知的种种，不禁感慨什么时候才能再次相见。而此时此刻我实在难耐心中的孤独悲伤，叫我情何以堪。

有美一人兮，见之不忘。一日不见兮，思之如狂。

——《凤求凰》

表达 有位俊秀的女子啊，我见了她的容貌，就此难以忘怀。一日不见她，心中牵念得就像要发狂一般。以示一日不见，如隔三秋。

欲把相思说似谁，浅情人不知。——晏几道《长相思·长相思》

表达 这相思之情说给谁听呢？薄情寡义的人是不能体会的。以示深深的相思之情，却无法被那些情感浅薄的人所理解。

不茶不饭，不言不语，一味供他憔悴。

——蜀妓《鹊桥仙·说盟说誓》

表达 喝不下茶，吃不下饭，终日不言语，只因太思念他才会这般憔悴。以示女子为爱痴狂。

曾经沧海难为水，除却巫山不是云。

——元稹《离思五首·其四》

表达 以示自己对爱妻坚贞不渝的感情，再现了夫妻昔日的美好感情。

凄凉别后两应同，最是不胜清怨月明中。

——纳兰性德《虞美人·曲阑深处重相见》

表达 描写词人与恋人别离之后的情景，别后的种种凄凉，最难以忍受的是月明之夜的清冷相思。以示相思之苦。

嗟余只影系人间，如何同生不同死？ ——陈衡恪《题春绮遗像》

表达 感叹自己孤零零的一个人活在这世上，为什么一起活着却不能一起死呢？以示爱人离世后的悲苦。

别后不知君远近，触目凄凉多少闷。

——欧阳修《玉楼春·别后不知君远近》

表达 写闺中思妇深沉凄绝的别恨，以示思妇的凄凉、郁闷。

当君怀归日，是妾断肠时。　　　　——李白《春思》

表达 描写一位独处秦地的思妇触景生情，终日思念远在北方边地的夫君，盼望他早日归来。以示对夫君的惦念之情。

莫道不销魂，帘卷西风，人比黄花瘦。　　——李清照《醉花阴》

表达　莫要说清秋不让人伤神，西风卷起珠帘，帘内的人儿比那黄花更加消瘦。

心似双丝网，中有千千结。　　——张先《千秋岁》

表达　情意浓坚，韵高而情深，含蓄又悠远，"丝"的谐音为"思"，以示对爱情坚定不移的信念。

似此星辰非昨夜，为谁风露立中宵。　　——黄景仁《绮怀》

表达　通过星辰的变换，表达了时间的流逝与物是人非的感慨。

直道相思了无益，未妨惆怅是清狂。　　——李商隐《无题》

表达　即便相思全然无益，也不妨怀抱痴情而惆怅终身，可见"相思"的铭心刻骨。情至深处，欲罢不能。

相思一夜情多少，地角天涯未是长。　　——张仲素《燕子楼》

表达　一夜的相思情有多深呢？即使是地角天涯，也无法衡量这份情感的长度。这句话表达了深深的思念之情，即使距离再远，也无法减少心中的思念。

此情可待成追忆，只是当时已惘然。　　——李商隐《锦瑟》

表达 那些美好的事情和年代，只能留在回忆之中了。而在当时那些人看来，那些事都只是平常事罢了，并不知珍惜。

窈窕淑女，君子好逑。　　——《诗经·关雎》

表达 那美丽贤淑的女子，是君子的好配偶。男大当婚，女大当嫁，表达对美好爱情的向往。

既见君子，云胡不喜。　　——《诗经·风雨》

表达 女子意外地见到了久别的情郎，渲染她"既见"之时的喜出望外。

问世间，情为何物，直教人生死相许？

——元好问《摸鱼儿·雁丘词》

表达 在情到深处时，生者不以死为惧，死者不以生为乐。至情至爱可以达到生死相托的境界，这种情感超越了生死，达到了极致。

一寸相思千万缕，人间没个安排处。　　——李冠《蝶恋花》

表达 对她千万般思念，在辽阔的天地里，竟无一处可以排解。以示相思之苦。

第四章　爱情酸甜苦辣

身无彩凤双飞翼，心有灵犀一点通。

——李商隐《无题·昨夜星辰昨夜风》

表达 我们的身体虽无彩凤双翅，不能比翼齐飞，内心却如同灵犀，感情息息相通。以示深深相爱而又不能长相厮守的恋人，其复杂微妙的心态。

兽炉沉水烟，翠沼残花片。一行行写入相思传。

——张可久《塞鸿秋》

表达 对纷繁的花瓣及沉香之烟寄以相思，将这份相思之情写到了极致。

平生不会相思，才会相思，便害相思。 ——徐再思《折桂令》

表达 描写少女天真的恋情，表现其相思之情无比深刻和真诚。

十年生死两茫茫，不思量，自难忘。 ——苏轼《江城子》

表达 你我夫妻诀别已经整整十年，我强忍着不去思念，可终究难以忘怀。

今夕何夕，见此良人。 ——《诗经·绸缪》

表达 女子在良宵与心上人相会的喜悦心情。

在天愿作比翼鸟，在地愿为连理枝。　　——白居易《长恨歌》

表达 以"比翼鸟"和"连理枝"寓意相濡以沫、相互扶持，比喻男女恩爱，不离不弃，夫妻一心，以示对爱情的矢志不渝。

愿得一心人，白首不相离。　　——卓文君《白头吟》

表达 流露出女子对爱情的渴慕，歌颂了女主人公对于爱情的高尚态度和她的美好情操，流露出诗人思慕爱情、盼望能与有情人白头到老的心声。

重叠泪痕缄锦字，人生只有情难死。　　——文廷式《蝶恋花》

表达 以示深深的情感和思念。尽管经历了冷落和痛苦，主人公依然对爱情有着执着的追求和向往，对情感难以割舍。

情人怨遥夜，竟夕起相思。　　——张九龄《望月怀远》

表达 有情之人都怨恨月夜漫长，整夜里不眠，把亲人怀想。

春蚕到死丝方尽，蜡炬成灰泪始干。　　——李商隐《无题》

表达 用两个比喻表现了眷恋的缠绵和痛苦的煎熬，既有失望的悲伤与痛苦，也有缠绵、灼热的执着与追求。这首诗本义讲的爱情，现在常被当作歌颂教师的诗句使用。

第四章　爱情酸甜苦辣

若是前生未有缘，待重结、来生愿。　　——乐婉《卜算子·答施》

表达 刻画了一个至性真情、豪爽果决的女性形象，以示生死不渝的真情。

尊前拟把归期说，未语春容先惨咽。　　——欧阳修《玉楼春》

表达 以示对美好事物之爱赏，以及对人世无常之悲慨，这两种情感交替涌上心头。

人生自是有情痴，此恨不关风与月。　　——欧阳修《玉楼春》

表达 人的多愁善感是与生俱来的，这种情结和风花雪月无关。

只愿君心似我心，定不负相思意。

——李之仪《卜算子·我住长江头》

表达 在江头江尾阻隔中的永恒之爱，给人以江水长流、深情永在的感受。以示距离不能阻隔爱情。

怕相思，已相思，轮到相思没处辞，眉间露一丝。

——俞彦《长相思·折花枝》

表达 以示女子因情人远去而心怀离愁别绪，以及对爱情的忠贞和对幸福的向往。

结发为夫妻，恩爱两不疑。　　　　　——佚名《留别妻》

表达 以示对婚姻的忠诚，以及对夫妻间深厚感情的赞美。

一场寂寞凭谁诉。算前言，总轻负。　　——柳永《昼夜乐》

表达 对过去的承诺感到懊悔和自责，感叹曾经轻易辜负了那些美好的誓言。语言简练而深沉，透露出内心的痛苦和遗憾。

愿我如星君如月，夜夜流光相皎洁。　　——范成大《车遥遥篇》

表达 运用比喻的手法，将"我"比作星星，将"君"（即对方）比作月亮，表达了两人之间的深厚感情和相互依赖。

鱼沉雁杳天涯路，始信人间别离苦。　　——戴叔伦《相思曲》

表达 通过"鱼沉雁杳"的意象，比喻书信不通、音信断绝，进一步强调了离别的痛苦和孤独。

玲珑骰子安红豆，入骨相思知不知。

　　　　　　　　　　——温庭筠《新添声杨柳枝词》

表达 将制造精巧的骰子上的颗颗红点，比作代表相思的红豆，"入骨相思"则展现出深入骨髓的相思，流露出主人公难舍难离的强烈感情。

第四章　爱情酸甜苦辣

执手相看泪眼，竟无语凝噎。　　　　　——柳永《雨霖铃》

表达 握着手互相瞧着，满眼泪花，直到最后也无言相对，千言万语都噎在喉间说不出来。

忆君心似西江水，日夜东流无歇时。

——鱼玄机《江陵愁望有寄》

表达 通过比喻，形象地表达了诗人对远方情郎的深切思念之情，这种思念之情如同西江的流水，源源不断，日夜不停。

相恨不如潮有信，相思始觉海非深。

——白居易《浪淘沙·借问江潮与海水》

表达 通过自问自答的形式，表现出闺中女子对爱情的忠贞和被人抛弃的悲惨境遇。

多情只有春庭月，犹为离人照落花。　　——张泌《寄人》

表达 通过描写梦境中的景象，表达了诗人对离别的感伤和对爱人的思念之情。

临别殷勤重寄词，词中有誓两心知。　　——白居易《长恨歌》

表达 临别的时候再三地叮咛嘱咐，表示爱情的誓言只有你我两人知道。

人非木石皆有情，不如不遇倾城色。　　——白居易《李夫人》

表达 人都是有感情的，遇到美好的事物会动心，但如果注定得不到，不如一开始就不要遇见。这句诗表达了对于美好事物的渴望与无法拥有的遗憾。

生当复来归，死当长相思。　　——佚名《留别妻》

表达 以示对爱情的执着和坚定，也提醒我们要珍惜生命中的每一个美好瞬间。

瘦影自临春水照，卿须怜我我怜卿。　　——冯小青《怨》

表达 描写女子空闺独守，只好顾影自怜的姿态，表达了女子幽怨的情感。后常用这一句来表示情侣两情相悦，互相怜惜珍爱，彼此慰藉。

别来半岁音书绝，一寸离肠千万结。　　——韦庄《应天长》

表达 别后半年未收到你的信，思肠为你断作千百寸，每一寸都系结着万千愁，每一个愁结都揪着我的心。以示相思之苦。

若教眼底无离恨，不信人间有白头。　　——辛弃疾《鹧鸪天》

表达 如果不是眼下亲自遭遇离愁别恨的折磨，根本不会相信这世上真会有一夜白头的事。

第四章　爱情酸甜苦辣

诚知此恨人人有，贫贱夫妻百事哀。　　——元稹《遣悲怀》

表达　对于同贫贱共患难的夫妻来说，一旦永诀，是何等悲哀的事情，更加表现了诗人对亡妻深切的悼念，强调自身不同于一般世人丧偶的沉痛心情。

相思本是无凭语，莫向花笺费泪行。

——晏几道《鹧鸪天·醉拍春衫惜旧香》

表达　以示对相思之苦的无奈和自我安慰，强调相思之情难以言表，不必在信中流泪倾诉。

从别后，忆相逢，几回魂梦与君同。　　——晏几道《鹧鸪天》

表达　写词人与恋人离别后的怀念，梦中重逢的欢娱极其短暂，而梦后独处的凄怆却格外深长。直诉魂牵梦萦的相思情怀，令人潸然泪下。

山有木兮木有枝，心悦君兮君不知。　　——《越人歌》

表达　以示深沉真挚的爱恋之情。

肠断月明红豆蔻，月似当时，人似当时否？

——纳兰性德《鬓云松令·枕函香》

表达　此时明月照在那红豆蔻之上，那时曾月下相约，如今月色依然，人却分离，她是否依稀如旧？以示对心爱之人的思念。

唯有潜离与暗别，彼此甘心无后期。　　——白居易《潜别离》

表达 通过生动的比喻和形象的描绘，表现出那种看似近在眼前实则远在天边的爱情，充满了感伤，展现了相爱之人因种种原因无法公开表达情感的挣扎和痛苦。

忽见陌头杨柳色，悔教夫婿觅封侯。　　——王昌龄《闺怨》

表达 忽然看见野外杨柳青青春意浓，真后悔让丈夫从军到边塞，去建功封侯。表达了丈夫不能陪在自己身边的幽怨。

借问江潮与海水，何似君情与妾心？

——白居易《浪淘沙·借问江潮与海水》

表达 以江潮和海水作比，展现女子对爱情的忠贞和对被抛弃的悲惨境遇的怨恨。

逢郎欲语低头笑，碧玉搔头落水中。　　——白居易《采莲曲》

表达 通过欲语而止、搔头落水两个动作细节的描写，活灵活现地刻画出一个痴情、娇羞、可爱的少女形象，突出采莲少女喜悦而娇羞的初恋情态。

妆罢低声问夫婿，画眉深浅入时无。

——朱庆馀《近试上张籍水部》

表达 以示新娘对丈夫的期待和娇羞。

夜夜相思更漏残，伤心明月凭阑干，想君思我锦衾寒。

——韦庄《浣溪沙·夜夜相思更漏残》

表达 与恋人分别后，彼此之间都陷入了深深的思念之中。

春来秋去相思在，秋去春来信息违。 ——鱼玄机《闺怨》

表达 女子等到光阴荏苒，还是得不到爱人回心转意的消息，这种无望的期待更增加了诗的悲凉气氛。

终日两相思。为君憔悴尽，百花时。 ——温庭筠《南歌子》

表达 流露出女主人公心底的呼唤与怨叹，在百花盛开的反衬下，更加突出她的相思之苦之深。

投我以木李，报之以琼玖。匪报也，永以为好也！

——《诗经·卫风·木瓜》

表达 你将木李赠给我，我拿琼玖作回报。不是仅为答谢你，珍重情意永相好。

彼采萧兮，一日不见，如三秋兮。　　——《诗经·王风·采葛》

表达　用这种夸张之词形容主人公对心上人的殷切思念。

夏雨雪，天地合，乃敢与君绝！　　——《乐府·鼓吹曲辞·上邪》

表达　除非炎炎酷暑白雪纷飞，除非天地相交聚合连接，我才敢将对你的情意抛弃决绝。以示情意坚定。

行行重行行，与君生别离。　　——佚名《行行重行行》

表达　突出女子对远行在外的丈夫的深切思念之情。

春心莫共花争发，一寸相思一寸灰。　　——李商隐《无题》

表达　描写深锁幽闺、渴望爱情的女主人公，表达相思无望的痛苦呼喊。

何当共剪西窗烛，却话巴山夜雨时。　　——李商隐《夜雨寄北》

表达　何时我们能够一同坐在家里的西窗之下，共剪烛花，相互倾诉今日这巴山夜雨中的思念之情。

红豆生南国，春来发几枝。　　——王维《相思》

表达　抒发了对朋友的眷恋之情。这句诗本义讲的友情，现代常被当作爱情诗引用。

第四章　爱情酸甜苦辣

人面不知何处去，桃花依旧笑春风。　　——崔护《题都城南庄》

表达 今日再来此地，那佳人已不知所踪，只有桃花依旧，含笑怒放于春风之中。以示对失去美好事物感到惆怅。

郎骑竹马来，绕床弄青梅。　　——李白《长干行》

表达 男孩骑着竹马过来，绕着井栏互相投掷青梅为戏。后有成语"青梅竹马"展现这种童真的关系。

惟将终夜长开眼，报答平生未展眉。　　——元稹《遣悲怀》

表达 唯有以彻夜不眠、辗转反侧的思念，报答你生前为我奔波劳累的苦心。以示对亡妻的痴情缠绵，那哀痛欲绝的心情，令人动容。

天阶夜色凉如水，卧看牵牛织女星。　　——杜牧《秋夕》

表达 写宫女那种哀怨与期望相交织的复杂感情，侧面反映了封建时代妇女的悲惨命运。

蜡烛有心还惜别，替人垂泪到天明。　　——杜牧《赠别二首》

表达 将蜡烛拟人化，那彻夜流溢的烛泪，好似为男女主人公的离别而伤心落泪，体现出诗人不忍分离的痴情。

海水梦悠悠，君愁我亦愁。　　　　　——佚名《西洲曲》

表达 以示女主人公对恋人的相思与爱恋，洋溢着浓厚的生活气息和鲜明的感情色彩。

换我心，为你心，始知相忆深。　　　　——顾夐《诉衷情》

表达 只有把我的心换给你，你才会知道我对你的思念有多么深。以示对爱人的思念，她希望爱人能够理解她的心情，甚至幻想能够换心，让对方体会她的相思之苦。

新帖绣罗襦，双双金鹧鸪。　　　　——温庭筠《菩萨蛮·其一》

表达 女子看见成双成对的鹧鸪图纹，不禁有所感触，流露出深深的寂寞孤凄之感。

人生若只如初见，何事秋风悲画扇。　　　——纳兰性德《木兰词》

表达 人生如果都像初次相遇那般相处该多美好，那样就不会有现在的离别相思之苦了。

一生一代一双人，争教两处销魂。　　　——纳兰性德《画堂春》

表达 明明是一生一世，天作之合，却偏偏不能在一起，承受两地分隔之苦。

桃之夭夭，灼灼其华。之子于归，宜其室家。

——《诗经·周南·桃夭》

(表达) 桃花怒放千万朵，色彩鲜艳红似火。这位姑娘要出嫁，喜气洋洋归夫家。描写出婚礼的喜庆。

唤起思量，待不思量，怎不思量。

——郑光祖《双调·蟾宫曲·梦中作》

(表达) 这一切都唤起我的思量，本想不思量，又怎能不思量？三个"思量"，经历了"一无一有"的曲折，通过最后欲罢不能的一笔，更见诗人的一往情深与愁绵恨长。

琵琶弦上说相思。当时明月在，曾照彩云归。

——晏几道《临江仙》

(表达) 对恋人的苦恋，执着到了一种"痴"的境地，使读者受到强烈的感染。

吴山青，越山青，两岸青山相送迎，谁知离别情？

——林逋《长相思》

(表达) 借自然的无情反衬离人的悲情，抒发了词人与爱人分离时依依惜别的不舍之情。

第五章
享受田园生活

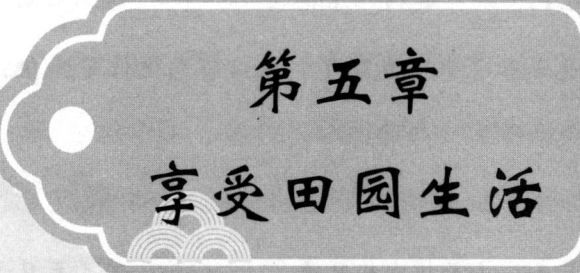

峻嶒堕庭中，严白何皑皑。　　　　　　　——孟郊《雪》

表达 高峻山峰上的雪掉落在庭院中，洁白的雪覆盖着庭院，显得格外洁白。

白雪却嫌春色晚，故穿庭树作飞花。　　　——韩愈《春雪》

表达 白雪也嫌春色来得太晚了，所以有意化作花瓣在庭院树间穿飞。

春雨断桥人不渡，小舟撑出柳阴来。　　——徐俯《春日游湖上》

表达 春水上涨，没过桥面，正当游人无法过去之际，一只小船从绿荫深处缓缓驶出。

梅须逊雪三分白，雪却输梅一段香。　　　——卢梅坡《雪梅》

表达 梅花应该逊于雪花三分晶莹洁白，雪花却输给梅花一段清香。

好雨知时节，当春乃发生。随风潜入夜，润物细无声。

　　　　　　　　　　　　　　　　　　——杜甫《春夜喜雨》

表达 好雨似乎会挑选时节，在春天植物萌发生长的时候滴落人间。随着春风在夜里悄悄落下，无声地滋润着万物。

春潮带雨晚来急，野渡无人舟自横。 ——韦应物《滁州西涧》

〖表达〗春潮不断上涨，还夹带着密密细雨。荒野渡口无人，只有一只小船悠闲地横在水面。

何处秋风至？萧萧送雁群。 ——刘禹锡《秋风引》

〖表达〗秋风是从哪里吹来？萧萧落叶声送来了一群群大雁。诗句显示出秋风不知其来、忽然而至的特征。

蜂蝶纷纷过墙去，却疑春色在邻家。 ——王驾《雨晴》

〖表达〗蜜蜂蝴蝶纷纷飞到墙的那边去了，让我怀疑春色在邻居家的院子里。

明月松间照，清泉石上流。 ——王维《山居秋暝》

〖表达〗皎皎明月从松树缝隙间洒下清光，清清泉水在山石上淙淙淌流。

浓绿万枝红一点，动人春色不须多。 ——王安石《咏石榴花》

〖表达〗在一片浓绿的枝叶中，一点红色足以让人感到惊艳，动人的春色并不需要万紫千红、妖娆多姿。表面上描写石榴花的艳美，实际上比喻好东西不需要太多太杂，恰到好处就够了。

春风又绿江南岸，明月何时照我还？　　——王安石《泊船瓜洲》

（表达）和煦的春风又吹绿了江南的岸边，皎洁的明月什么时候才能照着我回到家乡呢？

等闲识得东风面，万紫千红总是春。　　——朱熹《春日》

（表达）谁都可以看出春天的面貌，春风吹得百花开放、万紫千红，到处都是春天的景致。

稻花香里说丰年，听取蛙声一片。

——辛弃疾《西江月·夜行黄沙道中》

（表达）田里稻花飘香十里，蛙声阵阵，似乎在告诉人们今年是一个丰收年。

老夫何处宿，暖帐温炉前。　　——白居易《风雪中作》

（表达）在风雪中无处可宿，只能躲在温暖的帐篷里，靠近火炉，度过这个寒冷的夜晚。以示对温暖和舒适的渴望。

柴门闻犬吠，风雪夜归人。　　——刘长卿《逢雪宿芙蓉山主人》

（表达）柴门外忽传来犬吠声声，在这风雪之夜主人终于回来了。描画出一幅以旅客日暮投宿、山家风雪人归为素材的寒山夜宿图。

天生细碎物,不爱好光华。　　　　　　　——元稹《芳树》

表达 自然生成的小东西,不喜欢明亮的光辉。通过描绘自然界中的细小事物,表达了对这些事物的关注和思考。

采得百花成蜜后,为谁辛苦为谁甜?　　　　——罗隐《蜂》

表达 蜜蜂啊,你采尽百花酿成了花蜜,到底为谁付出辛苦,又想让谁品尝香甜呢?借用"蜜蜂"这一意象,写劳动人民的艰辛,以反诘的语气控诉了那些沉迷功名利禄之人,表达出对广大的劳苦人民的同情。

山重水复疑无路,柳暗花明又一村。　　　——陆游《游山西村》

表达 山峦重叠,水流曲折,正担心无路可走,忽然柳绿花艳间又出现一个山村。以示困境中又重见生机的欢喜,被人广泛引用。

归去来兮,田园将芜胡不归?　　　——陶渊明《归去来兮辞》

表达 回家去吧!田园快要荒芜了,为什么不回去呢?以示归隐田园的心意。

采菊东篱下,悠然见南山。　　　　——陶渊明《饮酒·其五》

表达 在东篱之下采摘菊花,悠然间,那远处的南山映入眼帘。表达向往自然、追求自由和平静的思想和境界。

久在樊笼里，复得返自然。　　——陶渊明《归园田居·其一》

表达 久困于樊笼里毫无自由，我今日总算又归返山林。以示对仕途官场的厌恶，渴望自由和对返璞归真的向往。

日长篱落无人过，惟有蜻蜓蛱蝶飞。

——范大成《四时田园杂兴·其二十五》

表达 白天长了，篱笆的影子随着太阳的升高变得越来越短，没有人经过，只有蜻蜓和蝴蝶绕着篱笆飞来飞去。

漠漠水田飞白鹭，阴阴夏木啭黄鹂。　　——王维《秋归辋川庄作》

表达 描绘了夏季水乡的美丽景色，广阔的水田里有白鹭在飞翔，茂密的树木中有黄莺在歌唱。

行到水穷处，坐看云起时。　　——王维《终南别业》

表达 沿着溪流走到尽头，再坐下来看天上的云卷云舒。描绘了诗人退隐后的闲适生活和惬意状态。

妇姑相唤浴蚕去，闲看中庭栀子花。　　——王建《雨过山村》

表达 描绘雨中的山村景象和村民的生活场景，展现了山村的宁静与忙碌，富有诗情画意，同时也表达了作者对乡村生活的喜爱之情。

自去自来梁上燕，相亲相近水中鸥。 ——杜甫《江村》

表达 梁上的燕子自由自在地飞来飞去，水中的白鸥相亲相近、相伴相随。

高田如楼梯，平田如棋局。 ——杨慎《出郊》

表达 山坡上的梯田就像楼梯一样，平地上的田地就像棋盘。描绘了南方山乡水田的优美富庶景象。

落日无情最有情，遍催万树暮蝉鸣。 ——杨万里《初秋行圃》

表达 太阳看似无情地落下，催促万物在傍晚时分生长，蝉在暮色中高声歌唱。以示诗人对自然现象的细腻观察和对生命的深刻感悟。

纵然一夜风吹去，只在芦花浅水边。 ——司空曙《江村即事》

表达 即使吹一夜的风，船也不会飘远，只会停搁在芦花滩畔。不仅描绘了江村的宁静美景，还反映了渔翁悠闲自在的生活态度。通过这个细节，诗人展现了乡村生活的恬静与美好。

近种篱边菊，秋来未著花。 ——皎然《寻陆鸿渐不遇》

表达 近处篱笆边都种上了菊花，秋天到了，却尚未见它开放。描写了隐士闲适清静的生活情趣。

雨余溪水掠堤平，闲看村童谢晚晴。　——陆游《观村童戏溪上》

表达　雨后的溪水漫过堤岸，快要与堤相平，闲来观看村童们在雨后初晴时尽情嬉戏，展现了儿童的天真活泼和自然本真。

莫嗔焙茶烟暗，却喜晒谷天晴。　——顾况《过山农家》

表达　山农陪伴我参观焙茶，深表歉意地说，不要嗔怪被烟熏了；到打谷场上，山农为天晴可以打谷而欣喜万分。展现了山间农家的生活场景和淳朴情感。

莫嫌荦确坡头路，自爱铿然曳杖声。　——苏轼《东坡》

表达　不要嫌弃险峻不平的山路，我喜欢挂着拐杖走在这样的路上，发出铿锵的声音。以示对自然美景的喜爱和对坎坷人生的乐观态度。

笋根雉子无人见，沙上凫雏傍母眠。

——杜甫《绝句漫兴九首·其七》

表达　竹林里笋根旁有才破土而出的嫩笋，还没有人在意它们；刚刚孵出的小水鸭子，在沙滩上依偎着母鸭甜甜地睡着。诗句充满着深挚淳厚的生活情趣。

远树暧阡阡，生烟纷漠漠。　——谢朓《游东田》

> **表达** 远处树木郁郁葱葱，一片烟霭迷离的景象。描写出一片田园好风光。

茸茸毛色起，应解自呼名。 ——揭傒斯《画鸭》

> **表达** 小鸭子满身绒毛已经能辨别出不同的颜色，它们不停地叫着，大概是懂得呼唤自己的名字了。诗句富有儿童情趣。

羡他无事双蝴蝶，烂醉东风野草花。 ——周密《野步》

> **表达** 羡慕那对无忧无虑的蝴蝶，它们在暖洋洋的东风中陶醉于野草花的香气里。描绘了一幅生机盎然的田野画卷。

知是人家花落尽，菜畦今日蝶来多。 ——高启《春暮西园》

> **表达** 应该是别人家的花儿都落尽了，所以菜地里今天来的蝴蝶格外多。悟到花的落尽、春的逝去，刻画出暮春时节的盎然情趣。

清溪上，被山灵却笑，白发归耕。

——辛弃疾《沁园春·再到期思卜筑》

> **表达** 我站在清清的溪水上面，却被山神看见了，它嘲笑我，说我的头发白了，已经是罢职回家种田的人了。描绘了秀美的田园风光，同时也隐含了受挫的感慨。

花落家童未扫，莺啼山客犹眠。　　——王维《田园乐七首·其六》

表达　花瓣凋落，家中的小童没有打扫；黄莺啼叫，闲逸的山客犹自酣眠。表现出诗人与大自然亲近的乐趣。

山上层层桃李花，云间烟火是人家。

——刘禹锡《竹枝词九首·其九》

表达　山上开放的桃花、梨花层层叠叠，布满山野，遥望山顶，在花木掩映之中，升起了袅袅的炊烟，那一定是村民聚居之处。

归燕识故巢，旧人看新历。　　——王维《春中田园作》

表达　去年的燕子飞回来了，好像认识它的旧巢；屋里的旧主人正在翻看新年的日历。

但愿长如此，躬耕非所叹。

——陶渊明《庚戌岁九月中于西田获早稻》

表达　只希望长期这样，亲身耕田种地也心甘情愿。以示回归田园、逃离喧嚣的决心。

赖逢邻女曾相识，并著莲舟不畏风。　　——张潮《采莲词》

表达　幸亏碰上了已经相识的邻家女子，两只莲舟并在一起，这样就不怕风吹雨打了。

讵胜耦耕南亩，何如高卧东窗。——王维《田园乐七首·其二》

表达 这怎么能比得过归隐躬耕南亩，怎么比得上高卧东窗的闲适生活。

一把青秧趁手青，轻烟漠漠雨冥冥。——虞似良《横溪堂春晓》

表达 描写了农夫插秧的图景，透露出清新宜人的田园气息。

榉柳枝枝弱，枇杷树树香。——杜甫《田舍》

表达 榉柳的枝条柔弱，枇杷树上的果实香气扑鼻。这句诗描绘了一幅田园风光，强调了自然景物的柔美和生机。

青春卧空林，白日犹不起。——李白《题元丹丘山居》

表达 在山林中住了很长时间，仍然不想出来。

酌酒会临泉水，抱琴好倚长松。——王维《田园乐七首·其七》

表达 喝酒时正好遇到山泉，醉后喜欢抱琴倚靠在高大的松树旁。展现了诗人悠然自得的生活情趣。

不到东山向一年，归来才及种春田。——王维《辋川别业》

表达 没到东山已经将近一年，归来正好赶上耕种春田。描述了王维在辋川隐居时期的田园生活情景。

去去独吾乐，无然愧此生。　　　　——宋之问《陆浑山庄》

表达 归去吧，还是独善吾身快活，这样才不会愧对人生。表达了诗人对隐居生活的向往和对现实生活的无奈。

书取幽栖事，将寻静者论。　——孟浩然《涧南园即事贻皎上人》

表达 记录下隐居生活的点滴，打算与追求心灵宁静的人分享、探讨。

看插秧栽欲忘返，杖藜徙倚至黄昏。
　　　　——洪炎《四月二十三日晚同太冲表之公实野步》

表达 看着农夫田间插秧使我流连忘返，拄着藜杖时走时停，不觉已到黄昏。描写了诗人与朋友在初夏傍晚散步时所见的美景，以及他们对田园生活的向往和热爱。

谁似田家知此乐，呼儿吹笛跨牛归？
　　　　　　　　　　　　——王庭珪《二月二日出郊》

表达 谁能像农人一样知道此中乐趣？他们正招呼儿童骑牛吹笛把家归。

圆荷浮小叶，细麦落轻花。　　　　　——杜甫《为农》

表达 描绘了一幅宁静而充满生机的田园景象，象征着丰收的希望。

问余何意栖碧山，笑而不答心自闲。 ——李白《山中问答》

（表达）有人疑惑不解地问我，为何幽居在碧山？我只是笑而不答，心里却一片轻松坦然。以示怡然自得的生活状态和放松心境。

笑入荷花去，佯羞不出来。 ——李白《越女词》

（表达）一个采莲的女子看到客人来了，便唱着歌儿往回返，笑着划船钻入荷花丛里，假装害羞不肯出来。以示女子的可爱和娇美。

陌上谁家年少，足风流。 ——韦庄《思帝乡·春日游》

（表达）原野小径上是谁家少年，仪表堂堂、风度翩翩。以示对美好生活的预想。

不愁屋漏床床湿，且喜溪流岸岸深。 ——曾几《苏秀道中》

（表达）我不担心房屋漏雨淋湿我的床，反而因为溪流涨满而感到高兴。

第六章
欣赏大好山河

四面山河千古在，百年城市一朝新。　　——李蟠《辰光门》

表达 诗句运用了鲜明的对比和丰富的想象，既有宏大的历史感，又不乏细腻的人文关怀。

百年世路多翻覆，千古河山几废兴。　　——汪元量《秦岭》

表达 在漫长的时间里，世事多变，历史上的山河经历了多次废兴更替。

龙蟠故国山河在，凤去荒台草木深。　　——吴龙翰《登长干寺塔》

表达 山河依旧，故国依然存在，但凤凰已经离去，荒废的台榭上草木丛生。以示对故国的怀念和对荒废景象的感慨。

山东文豪尹大夫，银河赤岸通方壶。　　——王质《送施丙卿》

表达 山东的杰出文学家尹大夫，在银河赤岸上好像到达了方壶仙境。展现了山东的文化底蕴和历史人物的智慧与才华。

华山秀作英雄骨，黄河泻出纵横才。　　——张孜《句》

表达 华山以其峻峭的形态象征着英雄的骨骼，而黄河则以其奔腾的流水展现出无尽的才华。

巩洛之山夹而峙，河来啮山作沙嘴。

——欧阳修《巩县初见黄河》

表达 巩洛的山谷里，两座山对峙而立，河水冲刷山体形成了沙嘴。

耳热酣歌向朔风，山河泽国旧吴宫。

——释行海《十月吴中感怀》

表达 在寒风中尽情歌唱，耳根发热，山河壮丽，国家繁荣，旧时的吴宫依然存在。以示对国家繁荣和自然美景的赞美之情。

莫愁风景异山河，晴天云荫清峰晚。　　　　——胡宏《偶书》

表达 不要担心风景异于山河，晴朗的天空中云彩遮蔽了清秀的山峰，傍晚时分显得格外美丽。

邺城台殿已荒凉，依旧山河满夕阳。

——陈与义《赋康平老铜雀砚》

表达 邺城的宫殿已经荒废破败，但山河依旧在夕阳的映照下显得壮丽。

大地山河合九州，秋风吹起故乡愁。

——王奕《和赵若伦旧题多景楼》

表达 广袤的山川河流覆盖了九州大地，秋风拂过，勾起了对故乡的深深思念。

山河表里绝狼烟，幕府朝朝醉珉筵。 ——杨亿《寄并州张给事》

表达 山河险要，战乱已经平息，没有狼烟四起，而幕府中的官员们却天天在盛大的宴席上沉醉。通过对比国家山河的险要和幕府中的宴饮生活，表达了对国家和平的赞美和对官员们沉湎于享乐的批评。

似隔山河千里地，仍当风雨九秋天。

——白居易《长斋月满寄思黯》

表达 仿佛相隔千山万水，距离遥远，如同经历了无数个风雨交加的秋天。以示深深的思念和离别的情感。

秦时日月汉山河，家计今谁与仲多。 ——柴望《沛中歌》

表达 朝代更迭，山河依旧，而且家庭的生计和事务却随着时代的变迁而发生了巨大的变化。以示对家庭生计变化的感慨和对国家兴衰的忧虑。

绣岭风烟新草木，潼关形势旧山河。 ——徐积《赠吕帅》

表达 绣岭上的风烟中草木茂盛，潼关的地势依旧险要。以示对国家山河的赞美和对历史变迁的感慨。

几人同保山河誓，犹自栖栖九陌尘。

——温庭筠《题李相公敕赐锦屏风》

表达 渴望像古代英雄人物那样收复旧山河，为国效力。

夜凉渐揽雪霜心，昏眸犹认山河影。　　——陈著《踏莎行》

表达 夜晚的凉意逐渐侵袭人的内心，使得视线昏暗，山河的影像也变得模糊。

千条水入黄河去，万点山从紫塞来。

——欧阳詹《和太原郑中丞登龙兴寺阁》

表达 千条河流汇入黄河，万座山峰从紫塞延伸而来。通过描绘自然景观，展现了壮阔的山水画卷。

西风万里卷长河，遍与淮山洗尘土。　　——吕本中《夜坐》

表达 西风从万里之外吹过长河，遍及淮山，仿佛在洗去尘土。

移来渤海三山石，界断银河一字天。　　——柴元彪《游江郎山》

表达 江郎山的"三爿石"仿佛是从渤海移来的三座山石，它们矗立在天地之间，将银河隔断，形成了一线天的壮观景象。以示对自然景观的赞美和敬畏之情。

紫金光聚照山河，天上人间意气多。

——释智愚《颂古一百首·其一》

表达 紫金的光芒聚集起来照耀着山河，佛界与世间的人意气相融合。

饥食玉山饮河流，朝秣幽冀莫炎陬。

——苏辙《杂兴二首·其二》

表达 饥饿时吃玉山上的食物，口渴时饮河流中的水，清晨在幽冀地区喂马，傍晚在炎陬地区休息。

收拾山河片影圆，举杯笑酌结邻仙。

——林景熙《中秋山中对月》

表达 整顿收复了部分山河，如同圆月般圆满，举杯欢笑与邻伴共酌。对国家山河的热爱和对美好生活的向往。

阴山苦雾埋高垒，交河孤月照连营。

——骆宾王《杂曲歌辞·从军中行路难二首之二》

表达 描绘了边塞的景象，写出了边塞生活的艰辛和战士们的孤独。

沙河灯火照山红,歌鼓喧呼笑语中。

——苏轼《望海楼晚景五绝·其五》

表达 沙河上的船灯将山映照得通红,歌声和鼓声在欢笑声中喧响。描绘了望海楼夜晚的美丽景象。

关河落落孤鸿飞,燕然山南霜草齐。

——吴则礼《送曾公善赴定武》

表达 边疆的关河显得空旷而孤寂,只有一只孤鸿在飞翔;燕然山的南面,霜草茂盛,一片荒凉。描绘了边疆的荒凉和孤寂,也表达了诗人对边疆战士的敬意和对国家安危的关切。

海雾笼山青淡淡,河堤潴水白茫茫。

——陆游《残腊二首·其一》

表达 诗句描绘了一幅宁静而深远的冬末春初的景象,通过细腻的描写,展现了诗人对自然景色的热爱和对新春的期待。

目极千里无山河,麦芒际天摇清波。　　——柳宗元《闻黄鹂》

表达 放眼望去,千里之内看不到高山大河,只有麦芒与天空相连,青青的麦浪在微风中摇曳,清澈的水流在阳光下闪烁。以示对故乡的深切思念和对自由生活的向往。

午窗一抹春山横，万里关河不须设。　　——王阮《明妃曲一首》

表达 在午后的窗前，一抹春山横亘眼前，万里山河的壮丽景象无需设防，显得宁静而安宁。表达了诗人对大自然的热爱。

谁出华山拍手笑，袖中三尺山河宽。　　——王柏《拍手行》

表达 表明山河都在自己心中。

黄河万里触山动，盘涡毂转秦地雷。

——李白《西岳云台歌送丹丘子》

表达 诗人登山远眺，看到黄河奔腾的雄姿，描写黄河的汹涌澎湃之势。

与山久别悲匆匆，泽泻半天河汉空。

——王安石《既别羊王二君与同官会饮于城南因成一篇追寄》

表达 通过对自然景象的描绘，表达了一种空旷和孤独的感觉。

黄河高浪大岯山，金贼欲遁不得回。　　——晁说之《旅次大风》

表达 描绘了作者在旅途中所见到的景象和对国家局势的担忧。以示对国家命运的关切和对国家复兴的期望。

山形逶迤若奔避，河益汹汹怒而詈。

——欧阳修《巩县初见黄河》

表达 描述了黄河的壮丽景象和山川的雄伟气势。

谛观此月真跳丸，山河倒影犹蛇蟠。

——李纲《又次韵中秋长句》

表达 仔细观看这月亮就像一个跳动的弹丸，山和河的倒影就像蛇一样蜿蜒曲折。

白日登山望烽火，黄昏饮马傍交河。　　——李颀《古从军行》

表达 白天登山观察传递敌情的烽火台，黄昏时牵马饮水靠近交河边。以示紧张的从军生活。

北顾黄河天际流，回望荆山欲倾倒。　　——范祖禹《望岳》

表达 诗人向北眺望，只见黄河在天边流淌；回过头来再看荆山，仿佛要倾倒下来。以示对大自然的赞美和对壮丽景色的感慨。

自是当时天帝醉，不关秦地有山河。　　——李商隐《咸阳》

表达 讽刺当时的统治者荒淫无度，不关心国家大事，导致国家衰败。

江南风物清温好，关内河山气势雄。　　——徐积《赠余进士》

表达　通过对比江南和关内的自然景观，展现了两种截然不同的美感，以示不同地区独特的自然美景和文化特色。

天门中断楚江开，碧水东流至此回。　　——李白《望天门山》

表达　长江犹如巨斧劈开天门雄峰，碧绿江水东流到此回旋澎湃。以示大自然的鬼斧神工。

会当凌绝顶，一览众山小。　　——杜甫《望岳》

表达　定要登上泰山顶峰，俯瞰群山，豪情满怀。突出了泰山的高峻，写出了雄视一切的雄姿和气势，也表现出诗人的心胸气魄，以及诗人不畏艰险、俯视天下的雄心壮志。

白日依山尽，黄河入海流。　　——王之涣《登鹳雀楼》

表达　太阳依傍着西山慢慢地沉没，滔滔黄河朝着东海汹涌奔流。

千山鸟飞绝，万径人踪灭。　　——柳宗元《江雪》

表达　所有的山上，飞鸟的身影已经绝迹，所有道路都不见人的踪迹。

孤帆远影碧空尽，惟见长江天际流。

——李白《黄鹤楼送孟浩然之广陵》

表达 友人的孤船帆影渐渐地远去，消失在碧空的尽头，只看见一线长江，向邈远的天际奔流。

大漠孤烟直，长河落日圆。　　　　——王维《使至塞上》

表达 浩瀚沙漠中孤烟直上，无尽黄河上落日浑圆。

相看两不厌，只有敬亭山。　　　　——李白《独坐敬亭山》

表达 敬亭山和我对视着，谁都看不够、看不厌，看来理解我的只有这敬亭山了。用浪漫主义手法，将敬亭山人格化、个性化，把诗人与敬亭山紧紧地联系在一起，表达了诗人与敬亭山之间的深厚感情。

不识庐山真面目，只缘身在此山中。　　——苏轼《题西林壁》

表达 我之所以认不清庐山真正的面目，是因为我身处在庐山之中。将哲理蕴含在对庐山景色的描绘之中，要认识事物的真相与全貌，必须超越狭小的范围，摆脱主观成见。

无边落木萧萧下，不尽长江滚滚来。　　　——杜甫《登高》

表达 无边无际的树木萧萧地飘下落叶，长江滚滚涌来奔腾不息。寄情于景,深沉地抒发了韶光易逝、壮志难酬的感伤。

山随平野尽,江入大荒流。　　——李白《渡荆门送别》

表达 山随着平坦广阔的原野的出现逐渐消失,江水在一望无际的原野中奔流。

空山不见人,但闻人语响。　　——王维《鹿柴》

表达 幽静的山谷里看不见人,只能听到那说话的声音。以示山中空寂幽深的境界。

欲渡黄河冰塞川,将登太行雪满山。

——李白《行路难三首·一》

表达 想渡黄河,冰雪堵塞了这条大川;要登太行,莽莽的风雪早已封山。以示内心的苦闷抑郁。

万里关河孤枕梦,五更风雨四山秋。

——陆游《枕上作二首·其二》

表达 在梦中,诗人仿佛置身于万里关河的辽阔景象中,但醒来时却发现自己孤枕难眠,窗外是五更的风雨和四周秋山的景象。以示对国家命运的忧虑。

九月徐州新战后，悲风杀气满山河。

——白居易《乱后过流沟寺》

表达 通过对比战乱后的凄凉景象与流沟山下的宁静寺庙，表达了对战争的悲痛和对和平的向往。

路入河潼喜着鞭，华山急到帽裙边。 ——陆游《梦华山》

表达 诗人陆游在梦中行走在河潼之地，心情愉悦地挥舞着马鞭，突然间仿佛来到了华山，而华山就在他的帽檐边。

黄河衮衮抱潼关，苍翠中条接华山。

——陆游《记梦三首·其一》

表达 黄河水滚滚流淌，环抱着潼关；苍翠的中条山与华山相连，形成壮丽的自然景观。

惊波一起三山动，公无渡河归去来。

——李白《横江词六首·六》

表达 惊涛骇浪冲击得三山摇动，先生不要渡河，还是回去吧。通过夸张的手法表现了江中波涛的凶险，劝告人们不要冒险渡河。

夹水苍山路向东，东南山豁大河通。

——韦应物《自巩洛舟行入黄河即事寄府县僚友》

> **表达** 两岸青山夹着洛水，船顺水向东航行，东南方向的山谷开阔，洛水与黄河相通。

广陵南幸雄图尽，泪眼山河夕照红。

——陆游《感事四首·其一》

> **表达** 以示对国家命运的深切忧虑和对失去国土的悲痛之情。

山河百战变陵谷，何为落彼荒溪濆。　　——欧阳修《菱溪大石》

> **表达** 山川河流经历了多次战争后，变成了丘陵和峡谷，形容战争的危害和恶果。

山河眺望云天外，台榭参差烟雾中。

——崔湜《奉和春日幸望春宫》

> **表达** 从高处眺望，可以看到连绵的山河延伸到云天之外，楼台亭阁错落有致地掩映在烟雾之中。不仅描绘了自然景观的美，还蕴含着诗人对生活的感悟。

河南庭下拜府君，阳城归路山氤氲。

——韦应物《杂言送黎六郎》

> **表达** 在河南的庭院中拜别了府君，踏上归途，阳城的路上山雾弥漫。以示归途艰辛和离情别绪。

第七章
感叹命运起伏

只言旋老转无事，欲到中年事更多。　　　——杜牧《书怀》

> **表达** 年轻时以为随着年龄的增长，事情会越来越少，到了老年就可以轻松自在，但到了中年才发现事务反而更多。

想见读书头已白，隔溪猿哭瘴溪藤。　　——黄庭坚《寄黄几复》

> **表达** 想你清贫自守发奋读书，如今头发已白了；隔着充满瘴气的山溪，猿猴哀鸣着攀援深林里的青藤。

欲把一杯无伴侣，眼看兴废使人愁。　　　——王安石《午枕》

> **表达** 想要痛饮一杯酒却找不到伴侣，只能独自面对眼前的颓败景象，感叹世事变迁，心中充满了愁绪。通过描绘自然景象和人事变迁，抒发了对时光流逝和世事变迁的无奈与哀愁。

人生无根蒂，飘如陌上尘。　　　　　　——陶渊明《杂诗》

> **表达** 人生在世就如无根之木、无蒂之花，又好似大路上随风飘转的尘土。

及时当勉励，岁月不待人。　　　　　　——陶渊明《杂诗》

> **表达** 应当趁年富力强之时勉励自己努力奋斗，因为光阴流逝，并不等待任何人。常被人们用来勉励年轻人要抓紧时机，珍惜光阴，努力学习，奋发上进。

人生得丧何须计？一任浮云过眼来。　　——张止原《春暮书事》

表达 对人生中的得失不必过于计较，一切都会像浮云一样飘过，过去的就让它过去，不必过于执着。以示超然洒脱的生活态度。

此生无复望生还，一死都归谈笑间。　　——王士敏《绝命辞》

表达 此生已经没有希望再活下去，面对死亡时能够以谈笑的态度来对待。以示视死如归的豪迈和豁达。

人生天地间，忽如远行客。　　——佚名《青青陵上柏》

表达 人生在世，就像一个匆匆的过客，在天地间短暂地停留。以示对人生短暂和无常的感慨，劝勉人们珍惜时光，把握当下。

百年旋逐花阴转，万事长看鬓发知。

——辛弃疾《鹧鸪天·重九席上再赋》

表达 人生百年，如同阳光移动着花影般短暂，每当对镜看到自己的两鬓渐渐斑白，更感到心灰意懒，万事皆空。以示对时间流逝的无奈和对衰老的感慨。

劝君更饮一杯酒，一月人生笑几回。　　——韦骧《劝酒》

表达 邀请对方再喝一杯酒，享受生命中的美好时光。

第七章　感叹命运起伏

人生衰荣尔，翻覆当有自。

——韩淲《教授同太守过横碧园留教授一饮》

表达 人生的起伏跌宕自有其道理，无论荣耀还是挫折，都是自我成长的一部分。

人生百岁客，扰扰竟何为。　　——罗与之《中秋步月·其四》

表达 人生短暂，百年如过客，人们忙碌奔波究竟是为了什么呢？这句话表达了诗人对人生短暂和无意义瞎忙的感慨。

人生纵百岁，忽若石火光。　　　　　　——王禹偁《闻鹃》

表达 尽管有的人长寿可以达到百岁，但与宇宙的漫长历史相比，人的生命仍然非常短暂，如同石火一样一闪即逝。以示生命的短暂和珍贵。

人生不可意，变态忽如弈。　　　　　　——周行己《忆欧段》

表达 人生充满了不如意的变化，就像下棋一样，充满了变数和不确定性。

亦念人生行乐尔，且拈重碧擘轻红。

——黄彦平《送何端卿帅泸·其一》

表达 人生短暂，应及时行乐，享受生活中的美好时光。

人生不更涉，何由知险艰。　　　　——陆九渊《书刘定夫诗轴》

表达 如果不经历更多的人生历练，就无法真正了解生活中的艰难险阻。强调了人生经历的重要性，只有通过不断地经历和挑战，才能真正理解生活的艰辛和意义。

樽前休话人生事，人生只合樽前醉。　　　　——舒亶《菩萨蛮》

表达 在酒杯前不要再谈论人生的烦恼，人生最适宜的莫过于在这微醺时刻彻底沉醉，忘却人间的纷扰。

人生有物缘，参合甚符券。　　　　——汪熙《谋创领要亭》

表达 在人生中有各种缘分，参合其中才能得到吉祥。

借使长青春，人生能几回。　——陈耆卿《闲居杂兴六首·其五》

表达 即使青春能够长久，人生又能经历几次呢？以示对青春短暂和人生无常的感慨。

人生须快意，十分春事，才破三分。

　　　　——董颖《满庭芳·红斗凤桃》

表达 人生应该追求快乐和满足，即使只享受了三分之一的春光，也足以让人感到心满意足。

人生能几许，今已迫衰谢。　　　　　　——吴芾《生朝偶成》

表达 人生的时间有限，现在已经接近衰老和死亡。抒发对生命短暂和衰老的感慨。

人生不如意，十事常六七。

——范成大《塞居久不见山或劝作小楼以助登览又力不能办今年益衰此兴亦阑矣》

表达 人生中不如意的事情占据了大部分，大约有六七成。以示对人生中不如意事情的普遍性和常态化的认识。

叹人生、几翻离合，便成迟暮。

——纳兰性德《金缕曲·姜西溟言别赋此赠之》

表达 人生在经历多次的离别与重逢之后，最终会步入晚年。感叹人生的短暂和离别的频繁。

人生亦复尔，过眼倏变灭。　　——周紫芝《后数日始得薄雪》

表达 人生就像过眼云烟，迅速变化，短暂而不可捉摸。

人生如云在须臾，何乃自苦八尺躯。　　　　——赵牧《对酒》

表达 人生就像云朵一样短暂，何必让自己受苦呢？强调人生的短暂和无常，整句诗表达了对生命短暂和人生苦短的感慨，告诫人们不要过于自苦，应该珍惜生命，享受生活。

一笑命渌樽，人生匪金石。

——高斯得《次韵王深道领客登翠屏》

（表达）人生短暂，如同渌酒一饮而尽，而且人生不像金属和石头那样坚固长久。

海水有时终见底，人生到死不知心。

——释怀深《颂古三十首·其八》

（表达）海水最终会干涸，露出海底，但人的内心却永远无法完全被了解。以示人心的复杂和难以捉摸。

世事漫劳三太息，人生宽破百重阳。　　——吴锡畴《九日集客》

（表达）世上的事情让人长叹三声，人生的道路却要经历无数的艰难险阻。

人生名利场，羁绊无休假。

——洪适《次韵陈体仁惠诗并示游山诗卷》

（表达）人生就像一个追求名利的地方，各种束缚和牵挂让人无法休息。

第七章　感叹命运起伏

人生各憔悴，仕路复间关。 ——仇远《九日邻翁招饮》

表达 人生短暂，仕途多艰。表达对人生的感慨和对仕途的反思。

惶恐滩头说惶恐，零丁洋里叹零丁。 ——文天祥《过零丁洋》

表达 惶恐滩的惨败让我至今依然惶恐，零丁洋中身陷元虏，可叹我孤苦零丁。以示对国家命运的担忧。

人生聚散等儿戏，梦境纷然此一时。 ——释德洪《送隆上人》

表达 人生的聚散就像小孩子玩耍一样，充满了无常和不确定性；梦境中的景象纷繁复杂，每个时刻都有不同的景象。

人生各有志，岂不怀所安。 ——孟云卿《今别离》

表达 每个人的人生都有各自不同的志向和追求，这是正常的，我们不应该因为别人的生活方式或选择而感到不安或不满。以示对个人选择的尊重。

人生异趣各有谋，分定那可相更博。

——释德洪《次韵平无等岁暮有怀》

表达 每个人的人生道路和追求各不相同，每个人都有自己的计划和打算，而这些计划和打算是早已注定的，无法相互更改或替代。

人生无苦乐，适意即为美。　　——司马光《晚归书室呈君倚》

表达　人生并没有绝对的苦乐之分，重要的是适应和调整自己的心态，让自己感到舒适和满足。这句话强调了幸福和美好是主观的，取决于个人的感受和心态调整。

人生忽如客，骨肉知何常。　　——王勃《自乡还远毓》

表达　人生短暂，如同过客一般匆匆而来，匆匆而去；而骨肉亲情，又怎能长久不变呢？既是对人生短暂和世事无常的感慨，也是对骨肉亲情的思考。

人纵健，头应白。何辞更一醉，此欢难觅。

——苏轼《满江红·正月十三日送文安国还朝》

表达　即使人还健康，但岁月不饶人，头发已经斑白；既然如此，何不再痛饮一杯，因为这样的欢乐难以再寻觅。

人生贵贱无终始，倏忽须臾难久恃。

——卢照邻《杂曲歌辞·行路难》

表达　人生中的地位贵贱不会始终不变，只在须臾之间，难以长久依靠。以示人生无常，富贵贫贱都没有固定的终点，一切都在不断变化之中，难以长久维持。

人生能自足，一尉可终身。

——陆游《访青神尉廨借景亭盖山谷先生旧游也》

表达 如果一个人能够自我满足，那么即使只担任一个小官职，也可以过上安稳的生活。以示知足常乐的生活态度。

人生倏忽间，安用才士为。　　　　　——顾况《哭从兄苌》

表达 人生短暂，何必非要成为有才学之人呢？表达了诗人对人生短暂和世事无常的感慨。

人生有善缘，修行岂废力。　　　　　——宋太宗《缘识·其三》

表达 诗句是对人生和修行的哲学思考。人生中如果能够遇到善缘，那么修行就不会白费力气。

人生岁岁有离恨，争遣绿鬓不为雪。　　——强至《走笔送张伯起》

表达 人生中每年都会有离别的愁恨，但如何才能让青春的容颜不被岁月侵蚀呢？抒发对人生离别的感慨和对青春流逝的无奈。

宝剑锋从磨砺出，梅花香自苦寒来。　　——朱熹《警世贤文》

表达 宝剑的锋利需要通过不断地磨砺才能形成，梅花的清香是经历了严冬的考验才换得的。现在被用来比喻人要经过磨炼才能有所成就。

长风破浪会有时，直挂云帆济沧海。　　　　——李白《行路难》

表达 相信总有一天，能乘长风破万里浪；高高挂起云帆，在沧海中勇往直前。

千磨万击还坚劲，任尔东西南北风。　　　　——郑燮《竹石》

表达 历经无数的磨难和打击身骨仍然坚劲，任凭你刮东西南北风，都不会畏惧。描写竹的品格，表现了正直、刚正不阿、坚强不屈的品格，以及决不向任何邪恶势力低头的高风傲骨。

即今江海一归客，他日云霄万里人。　　　　——高适《送桂阳李廉》

表达 现在是漂泊于江海上的一个将回乡的闲人，他日将是前程无量的成功者。以示对友人的鼓励和期待，认为他现在虽然不得意，但将来会有很大的发展。

人生如逆旅，我亦是行人。　　　　——苏轼《临江仙·送钱穆父》

表达 人生就像一场艰难的旅行，而我也是这场旅行中的一位行人。将人生比作逆水行舟的旅程，强调人生的艰辛和挑战。

路漫漫其修远兮，吾将上下而求索。　　　　——屈原《离骚》

表达 在追寻真理的道路上，前方的道路还很漫长，但我将百折不挠，不遗余力地去追求和探索。

大鹏一日同风起，扶摇直上九万里。　　——李白《上李邕》

表达 大鹏总有一天会乘风飞起，凭借风力直上九天云外。以示凌云壮志和强烈的用世之心，体现了诗人勇于追求、自信、勇敢、不畏艰难的精神。

万里腾飞仍有路，莫愁四海正风尘。

——夏完淳《舟中忆邵景说寄张子退》

表达 放眼前方，终有万里飞腾的路，不要担心四海之内风尘弥漫、征程艰难。表达对未来的乐观态度和对理想的坚定信念，即使在困难重重的情况下，也相信会有出路和希望。

莫愁千里路，自有到来风。　　——钱珝《江行无题一百首》

表达 不要担忧人生的漫漫长路，自然会有人帮助和支持我们。以示人生路上虽然会遇到各种困难和挑战，但只要保持乐观的心态，自然会有解决的办法和外力相助。

海压竹枝低复举，风吹山角晦还明。　　——陈与义《观雨》

表达 从水上吹来的风压得竹枝伏了又起，吹得乌云翻涌的山脊上明明灭灭。通过描绘自然景象，表达了诗人对时局的关注和对未来的希望。

千淘万漉虽辛苦，吹尽狂沙始到金。　　——刘禹锡《浪淘沙》

表达 淘金要经过千遍万遍地过滤，要历尽千辛万苦，最终才能淘尽泥沙，得到闪闪发光的黄金。以示清白正直的人虽然一时被小人陷害，但历尽辛苦之后，他的价值还是会被发现的

道足以忘物之得春，志足以一气之盛衰。

——苏轼《贺欧阳少师致仕启》

表达 一个人如果对"道"有足够的理解和领悟，就能够忘记物质的得失；如果志向足够坚定，就能够掌控自己精神的盛衰。

玉经磨琢多成器，剑拔沉埋便倚天。　　——王定保《唐摭言》

表达 玉石经过琢磨才能成为有用的玉器，宝剑要经过沉埋锻造才能显现其巨大威力。强调事物需要经过磨炼和锻造才能成为有用或贵重的器物。人也一样，只有经过艰苦的磨炼，才能增长才干，担当大任。

壮心未与年俱老，死去犹能作鬼雄。

——陆游《书愤五首·其二》

表达 我的壮心并没有同年岁一起衰老消亡，纵然死了我也能做鬼中豪杰。

穷且益坚，不坠青云之志。　　　　　　——王勃《滕王阁序》

表达 境遇虽然困苦，但节操应当更加坚定，决不能抛弃自己的凌云壮志。表达积极向上的精神和乐观态度，鼓励人们在面对困境时不要退缩，不要屈服，即使在逆境中也要坚持追求远大的志向。

仰天大笑出门去，我辈岂是蓬蒿人。

——李白《南陵别儿童入京》

表达 一边仰面朝天纵声大笑，一边走出门去，我怎么会是长期身处草野之人。

安能摧眉折腰事权贵，使我不得开心颜。

——李白《梦游天姥吟留别》

表达 我怎么能够低三下四地去侍奉那些有权有钱的"贵人"，让自己心里非常不痛快。以示对权贵的不满和抗争，同时也反映了怀才不遇的心声。

举世皆浊我独清，众人皆醉我独醒。　　　——佚名《渔父》

表达 天下都是浑浊不堪的，只有我是清澈透明的；世人都迷醉了，唯独我清醒。以示在乱世中坚持自己的清白和清醒，不与世俗同流合污的态度。

第七章 感叹命运起伏

志若不移山可改，何愁青史不书功。

——钱镠《上元夜次序平江南》

表达 只要坚持自己的志向，就像愚公移山一样，即使面对看似不可能的任务，也能取得成功。最终，自然会在历史上留下记录，名垂青史。

时人不识凌云木，直待凌云始道高。　　——杜荀鹤《小松》

表达 那些人当时不认识的可以高耸入云的树木，直到它高耸入云，人们才说它高。以示不受重用、空怀抱负的苦闷之情，以及终将苍翠凌云的雄心壮志。

位卑未敢忘忧国，事定犹须待阖棺。　　——陆游《病起书怀》

表达 虽然职位低微却从未敢忘记忧虑国事，但若想实现收复故国理想，只有死后才能盖棺定论。以示忧国忧民的爱国情怀和热爱祖国的伟大精神。

好风凭借力，送我上青云。　　——曹雪芹《临江仙·柳絮》

表达 借助好的机遇和外部力量，帮助自己实现目标或理想。

腹中贮书一万卷，不肯低头在草莽。　　——李颀《送陈章甫》

表达 胸藏诗书万卷，学问深广，怎么能够低头埋没在草莽。

109

休言女子非英物，夜夜龙泉壁上鸣。　　——秋瑾《鹧鸪天》

表达　不要说女子不能成为英雄，她们随时准备挺身而出，就像龙泉宝剑一样，虽然现在挂在墙上，但随时可以出鞘，发出震天的鸣响。以示女性同样有雄心壮志，随时准备展现自己的力量和才华。

忽闻梅福来相访，笑着荷衣出草堂。

——胡令能《喜韩少府相访》

表达　突然听到梅福上门来找我，我笑着穿上荷衣走出草堂迎接他。以示有朋友到访，心情愉悦。

自歌自舞自开怀，无拘无束无碍。

——朱敦儒《西江月·日日深杯酒满》

表达　自己唱歌，自己跳舞，自己开怀大笑，没有任何牵挂和束缚，尽情享受当下的快乐和自由。以示无拘无束的生活状态。

一笑从知春有意，篱边，三两余花向我妍。

——陈洵《南乡子·己巳三月自郡城归乡过区摹吾西园话旧》

表达　朋友西园的篱边尚有余花三两枝，它们开得那样美丽，看着它们我开心一笑，我知道是春天有意将它们留给我的。说明诗人善于发现生活中的情趣。

谁羡骖鸾，人在舟中便是仙。

——欧阳修《采桑子》

表达 有谁还会羡慕乘鸾飞升成仙呢？这时人在游船中就好比是神仙啊！描述夜晚泛舟西湖的欢悦之情，此心境好比神仙，以表达乐观的人生态度。

倚东风，一笑嫣然，转盼万花羞落。

——辛弃疾《瑞鹤仙·赋梅》

表达 想象春风中的梅花，流盼一笑，百花失色。描绘出女子美丽动人，令人心醉神迷的绝美画面。

疑怪昨宵春梦好，元是今朝斗草赢。笑从双脸生。

——晏殊《破阵子·春景》

表达 怪不得我昨晚做了个春宵美梦，原来它是预兆我今天斗草获得胜利啊！不由得脸颊上也浮现出了笑意。生活中的小情趣也能带来快乐。

东家娶妇，西家归女，灯火门前笑语。

——辛弃疾《鹊桥仙·己酉山行书所见》

表达 东边有人娶妻，西边已经出嫁的女儿也回娘家省亲，两家门前都灯火通明，亲友云集，一片欢声笑语。一件件平凡生活中的喜事，让人觉得喜悦和热闹。

第七章 感叹命运起伏

落花踏尽游何处，笑入胡姬酒肆中。　　——李白《少年行二首》

表达 游春赏花之后，最爱到哪里行乐？常常到胡姬的酒店中饮酒欢笑。描绘了青春年少时的美好生活。

是处丽质盈盈，巧笑嬉嬉，争簇秋千架。

——柳永《抛球乐·晓来天气浓淡》

表达 到处都是仪态美好的女子，她们美丽动人，嬉笑打闹，争着向秋千架旁聚集。

花不能言惟解笑。金壶倒。花开未老人年少。

——欧阳修《渔家傲》

表达 花儿美，人儿也美，只是"花不能言"。金壶斟酒，畅饮开怀，享受着人生的快乐。

更阑人散，千门笑语，声在帘帏。

——李持正《人月圆·小桃枝上春风早》

表达 夜色将尽，游人渐散，欢声笑语在千家万户中回荡，声音在帘幕后清晰可闻。以示热闹而温馨的氛围。

未到江南先一笑，岳阳楼上对君山。

——黄庭坚《雨中登岳阳楼望君山·其一》

> **表达** 在还未到达故乡江南之前,诗人已经在岳阳楼上欣然一笑,欣赏着君山的美丽景色。以示历经艰辛后终于回到故乡前的喜悦心情。

宁期此地忽相遇,惊喜茫如堕烟雾。

——李白《江夏赠韦南陵冰》

> **表达** 没想到在这里突然相遇,惊喜之情像是置身于迷雾之中,茫然若失。以示偶遇好友时那份难以置信的喜悦与激动。

不须计较与安排,领取而今现在。

——朱敦儒《西江月·日日深杯酒满》

> **表达** 人生不用计较太多,只要把现在的欢乐时光过好就行了。

春风贺喜无言语,排比花枝满杏园。 ——赵嘏《喜张濆及第》

> **表达** 春风吹来,贺喜新春之际,这种美好的情景和心情,我们无法用语言来形容。

白日放歌须纵酒,青春作伴好还乡。

——杜甫《闻官军收河南河北》

> **表达** 老夫想要纵酒高歌,在美好春光中,结伴同回故乡。以示即将回到故乡的喜悦之情。

113

第八章
人生空有八苦

虚负凌云万丈才，一生襟抱未曾开。　　——崔珏《哭李商隐》

表达 你空有凌云万丈的才华，但一生之中胸怀抱负不曾片刻展开。以示对李商隐才华的赞美和对世事不公的感叹。

却将万字平戎策，换得东家种树书。

——辛弃疾《鹧鸪天·有客慨然谈功名因追念少年时事戏作》

表达 我看还是把那长达几万字能平定金人的策略，拿去跟东边的人家换成种树的书吧。以示报国无门的遗憾和对时局的不满。

生怕客谈榆塞事，且教儿诵《花间集》。

——刘克庄《满江红·夜雨凉甚忽动从戎之兴》

表达 现在就怕客人谈论边塞的事情，只能暂时教孩子们诵读《花间集》。以示爱国志士报国无门，谈论边塞之事只能引起内心的悲痛。

一朝春尽红颜老，花落人亡两不知！　　——曹雪芹《葬花吟》

表达 春天过去了，花朵凋零，人的青春也不再，最终的结果是两者都无人关心。感叹韶华易逝、青春不再的无奈与凄凉。

花谢了三春近也，月缺了中秋到也，人去了何日来也？

——张鸣善《普天乐·咏世》

表达 花儿凋谢了，但到了春天还会再开；月亮有圆有缺，但到了中秋又会圆满；而人离开了，却不知道何时能再回来。以示对离别的感慨和对重聚的渴望。

可怜无定河边骨，犹是春闺梦里人。

——陈陶《陇西行四首·其二》

表达 那无定河边成堆的白骨真是凄惨又可怜，他们都是少妇们春闺里思念的梦中人啊！以示对战死者及其家人的无限同情。

欲将心事付瑶琴，知音少，弦断有谁听？

——岳飞《小重山·昨夜寒蛩不住鸣》

表达 想把满腹心事付与瑶琴弹一曲，可高山流水知音稀，纵然琴弦弹断，又有谁来听？以示心中抱负难以实现的痛苦。

欲买桂花同载酒，终不似、少年游。

——刘过《唐多令·芦叶满汀洲》

表达 想要买些桂花，带着美酒一同去水上泛舟逍遥一番，却没有了少年时那种豪迈的意气。以示对过去美好时光的怀念和感慨。

无可奈何花落去，似曾相识燕归来。

——晏殊《浣溪沙·一曲新词酒一杯》

表达 花儿总要凋落，让人无可奈何，似曾相识的春燕又归来。以示见过的事物再度出现，从而引起心里的悸动。

早知如此绊人心，何如当初莫相识。 ——李白《三五七言》

表达 早知道你如此牵绊人心，不如当初没有认识你。

大都好物不坚牢，彩云易散琉璃脆。 ——白居易《简简吟》

表达 世间美好的事物大多不够坚固，容易消逝，就像彩色的云霞容易散去，琉璃做的器物容易打碎。以示对美好事物往往难以长久存在的遗憾和无奈。

最是人间留不住，朱颜辞镜花辞树。 ——王国维《蝶恋花》

表达 在人世间最留不住的是青春，无论是镜中的容颜还是树上的花朵，都会随着时间的流逝而消逝。以示对时光流逝、青春易逝的感慨，以及对美好事物难以长久留存的无奈和哀愁。

花信来时，恨无人似花依旧。 ——晏几道《点绛唇·花信来时》

表达 应花期而来的风呀，你虽来了，但人已离去，全不像那花儿依旧。以示思妇心中的怨恨之情。

雨横风狂三月暮，门掩黄昏，无计留春住。

——欧阳修《蝶恋花·庭院深深深几许》

表达 风狂雨骤的暮春三月，用门将黄昏的景色掩闭，也无法留住春意。

而今才道当时错，心绪凄迷。 ——纳兰性德《采桑子·当时错》

表达 现在才知道那时我错了，心中凄凉迷乱。

鸿雁在云鱼在水，惆怅此情难寄。

——晏殊《清平乐·红笺小字》

表达 鸿雁高飞在云端，鱼儿在水中自由来去，让我这满腹惆怅的情意难以传寄。以示离别后音书断绝的苦闷。

从别后，忆相逢。几回魂梦与君同。 ——晏几道《鹧鸪天》

表达 自从那次离别后，我总是怀念那美好的相逢。多少回梦里与你相拥。

取次花丛懒回顾，半缘修道半缘君。

——元稹《离思五首·其四》

表达 仓促地由花丛中走过，懒得回头顾盼；这缘由，一半是因为修道人的清心寡欲，一半是因为我曾经拥有你。

相思似海深，旧事如天远。　　　　——乐婉《卜算子·答施》

表达 离别之后痛苦的相思如沧海一样深而无际，让自己备受煎熬；美好的往事就像天上的云一样，遥不可及。

孤舟蓑笠钓烟沙，待不思家，怎不思家。

——方岳《一剪梅·客中新雪》

表达 渔翁身披蓑衣，头戴斗笠，在烟雾弥漫的江边垂钓，他看起来似乎并不思念家乡，但实际上内心深处怎能不思念家乡呢？

岁月无多人易老，乾坤虽大愁难著。

——吴潜《满江红·豫章滕王阁》

表达 流年似水，能有所作为的岁月所剩不多了，天地乾坤之大却安放不下一腔愁绪。

问君能有几多愁？恰似一江春水向东流。　——李煜《虞美人》

表达 要问我心中有多少哀愁，就像这不尽的滔滔春水滚滚东流。

一枝折得，人间天上，没个人堪寄。　　——李清照《孤雁儿》

表达 我折下了一枝梅花，寻遍了人间与天上，却找不到那个我想给他寄梅花的人。以示对丈夫的哀思。

试问别来愁几许，春江万斛若为量。

——苏轼《和沈立之留别二首》

表达 试着问一问，离别后的忧愁有多少？就像春江里的水，多得无法计量。描写了离别后内心深处的忧愁和无奈。

当年不肯嫁春风，无端却被秋风误。

——贺铸《芳心苦·杨柳回塘》

表达 荷花在春天不肯开放，最终在秋天被秋风吹落，象征着一个人或事物错过了最佳时机，最终遭遇不幸或被误解。用来隐喻人的命运和选择。

君生我未生，我生君已老。　　　　——佚名《无题》

表达 你出生的时候我还没有出生，等我出生的时候你却已经老了。以示时间上的错位和遗憾，通常用于描述男女之间的感情阴差阳错，没有缘分。

此生谁料，心在天山，身老沧洲。

——陆游《诉衷情·当年万里觅封侯》

表达 谁能想到我这一辈子，心里想着在边疆杀敌，身子却只能老死于沧洲。以示对命运难以预料的苦闷和遗憾。

后 记

中国文字之魅力，很多都体现在诗词歌赋中，平平仄仄，仄仄平平，写在书本上是底蕴，念出声的是韵味。

刚开始，或许你会不习惯，会认为在生活里时不时地说句诗词显得很突兀，实际上，能够将诗词歌赋运用得当，会成为沟通交流的新乐趣。

寻找合适的时机，找到说出诗歌的勇气，让它融入自己的生活，你便能领略诗歌的魅力。

想想看，短短十几个字，甚至是几个字，就能表达出深远之意，展示出别样的风采，那是多么令人愉悦的事情。

以诗词品人生，用韵味过生活。

上千年的传承，做人生的注脚。

将会是一件多么浪漫的事情！